Piccola Biblioteca Oscar

GAËLLE GUERNALEC-LEVY

L'AMANTE INCOMPIUTO

Traduzione di Lorenzo Flabbi

OSCAR MONDADORI

Titolo originale dell'opera: *L'amant inachevé*

I edizione Piccola Biblioteca Oscar giugno 2009

ISBN 978-88-04-58682-1

Questo volume è stato stampato
presso Mondadori Printing S.p.A.
Stabilimento NSM - Cles (TN)
Stampato in Italia. Printed in Italy

L'amante incompiuto

Una notte di primavera, vicino al mare. Ero a piedi scalzi. E senza mutandine. Ho fatto qualche passo sulla moquette del corridoio che collegava camera nostra a quella di D. e ho bussato alla sua porta. Non ero per niente nervosa. Piuttosto: lucida, concentrata, con i sensi all'erta, la pelle e il ventre disponibili. Prima che aprisse ho indietreggiato un po'. Era scalzo e a torso nudo, indossava soltanto i jeans. Ho dedotto dai capelli ancora bagnati che doveva essere appena uscito dalla doccia. Il profumo di sapone mi ha solleticato le narici. Sapeva di buono, anche se durante l'amore preferisco l'odore del sudore. Prima di aprire bocca si è sporto sul corridoio e si è guardato intorno. «Sei sola?» mi ha chiesto. Non gli ho risposto, presa dal timore irrazionale che richiudesse la porta, scegliendo di ignorarmi in quella maniera plateale che al liceo gli riusciva così bene. Si è scostato su un lato, invece, e mi ha fatto passare. Io ho finto di esitare, poi sono entrata. Ha richiuso la porta con un gesto secco, come a sigillare il momento, come per dare il segnale di partenza. In piedi, faccia a faccia l'uno con l'altro, a un metro di distanza, siamo rimasti qualche istante senza dire nulla, osservandoci semplicemente. Sono stata io la prima a parlare. «Dimmelo ancora.» «Cosa?» «Che ti eccito.» Ha abbozzato un sorriso, mentre il mio respiro si faceva più affannoso. «Mi ecciti fino a star male, Claire.»

Il mio cuore si è messo a battere in fretta, sentivo il sangue affluire al petto, rendendomi turgida la punta dei seni. D. è avanzato verso di me, mi è girato attorno e si è posizionato alle mie spalle. Mi si è incollato alla schiena. Ha fatto scivolare le mani sotto il vestito, trattenendone una sulla pancia e l'altra su una natica. «Il tuo culo mi eccitava già quando lo fissavo durante le lezioni.» Sospirando ho appoggiato la nuca all'altezza della sua clavicola e gli ho posato le mani sui fianchi. Le sue dita, che mi coprivano l'ombelico, sono scese leggere verso il mio sesso umido. Ho chiuso gli occhi, ho aperto le gambe. Il palmo della sua mano ha esercitato una lieve pressione, subito deliziosa. Ancora una volta, mi stavo proiettando verso quella realtà parallela, una realtà che mi mozzava il fiato. Ha abbandonato l'interno delle mie cosce per slacciarsi la cintura e sbottonarsi i jeans. Da un fruscio appena accennato, ho intuito che i pantaloni gli erano scesi fino alle caviglie. Per qualche istante l'ho sentito alle mie spalle togliersi di dosso tutto ciò che poteva ancora intralciarlo nei movimenti. La sua erezione è affondata dentro di me in un colpo solo, come attratta da una calamita. Quel gesto inaspettato mi ha provocato un gemito, quasi un singhiozzo. Ho sentito l'adrenalina che saliva bruscamente. Mi sono aggrappata a un cassettone a qualche centimetro da me. Siamo caduti a terra, sulle ginocchia, stretti l'uno dentro l'altra. Ha riposizionato la mano sul mio sesso, per stimolare tutte le parti più sensibili. Mi sono levata il vestito sfilandolo dalla testa. Col braccio libero mi ha circondato il seno. Gli ho afferrato la nuca al di sopra della mia spalla. Tutta la superficie della mia schiena era avvolta dal suo calore. Con ritmo regolare, entrava e usciva dal mio corpo.

A malincuore mi sono staccata, quasi sfilandomi, e mi sono seduta di fronte a lui a gambe aperte. Con il respiro affannato gli ho chiesto di fermarsi: «Aspetta. Non voglio ancora godere. E non voglio che tu goda adesso». Ho guardato la sua erezione puntata dritta verso di me, vi ho chiuso attorno le labbra. L'ho succhiato a lungo, accarezzando delicatamente la pelle dello scroto. Non mi staccava gli occhi di dosso, fissando il suo sesso che scompariva a intervalli regolari nella mia bocca. «Non è il modo migliore per impedirmi di venire» ha detto a voce bassa, con quell'intonazione roca che gli riconoscevo soltanto in quei momenti. «Preferiresti una doccia fredda?» gli ho risposto tenendo il suo sesso stretto nel palmo della mano. Si è chinato su di me, mi ha preso il volto tra le mani e mi ha baciata prima di sussurrare: «Vieni sul letto». L'ho seguito. L'avrei seguito ovunque, così come avevo scritto nei miei quaderni. Mi sono sdraiata sulla schiena, ma lui mi ha fatto rotolare sulla pancia. Ha preso un cuscino, l'ha piegato in due e me lo ha fatto scorrere sotto le anche per sollevarmi il bacino. Mentre lo lasciavo fare, con la testa girata di lato e appoggiata sugli avambracci, mi ha allargato leggermente le gambe. «Sei comoda?» mi ha chiesto con voce premurosa. Ho annuito silenziosa. Allora mi si è disteso tra le gambe, prendendo a baciarmi i glutei e l'interno delle cosce. Poi ha fatto scivolare la lingua attorno al clitoride, eccitandolo, finché non l'ho sentita risalire di qualche centimetro e descrivere dei piccoli cerchi attorno all'orlo della prima fessura incontrata lungo il cammino. Aveva una tecnica perfetta. Ha continuato la sua lenta avanzata, leccando con insistenza lo stretto solco che separa i due orifizi. Si è fermato per pochi istanti, giusto il tempo di recuperare un po' di saliva, poi ha spinto la lingua dentro all'ano.

Ho assecondato i suoi movimenti dondolando il bacino, leggermente rialzato dallo spessore del cuscino. D. ha spinto la lingua il più a fondo possibile, per poi ritirarla e tornare ad affondarla. Poi ha spostato il peso del corpo, appoggiando il ventre contro le mie natiche. Ho sentito le sue dita addentrarsi nuovamente nel mio sesso, avvolgerlo, strusciarlo, e poi uscirne per inumidire con i miei stessi umori il solco tra i glutei. Lì, mi ha infilato il dito dove prima c'era la sua lingua. Procedeva con delicatezza e determinazione. Io mi sottomettevo volentieri al suo volere; ero rilassata, colma di desiderio, impaziente di sentirlo entrare dentro di me in quel punto del corpo che stava preparando all'intrusione. «Sei molto bagnata,» mi ha detto «e questo dovrebbe rendere tutto più facile. Ma se ti faccio male, dimmelo.»

Ero innamorata di mio marito, adoravo fare l'amore con lui, ne amavo la cultura e la dolcezza, l'umanità e l'autoironia, il gusto nelle letture e quel suo modo speciale di essere un padre al contempo un po' burbero e giocherellone. Eppure ero là, distesa su quel letto in uno stato di totale abbandono, a fremere tra le braccia di un altro uomo del quale non sapevo quasi nulla. Un uomo con cui mi ero sfiorata in un'altra vita. Non avevamo mai parlato di libri, non avevo alcuna idea di che musica ascoltasse o di quali fossero le sue opinioni politiche; non sapevo se qualche volta in metropolitana gli capitava di regalare un po' di spiccioli a un questuante; quali giornali leggesse, se si accontentava della veloce lettura di quelli distribuiti gratuitamente o se invece era abituato ad acquistare ogni mattina lo stesso quotidiano; non conoscevo nulla del suo senso civico o della sua visione del mondo. Nulla di tutto ciò aveva più alcuna importanza.

È penetrato dentro di me a poco a poco, quasi scivolando. Ogni mio muscolo era rilassato, non ho provato dolore. Sentivo che mi ampliavo al passaggio del suo pene, anello dopo anello. Ero piena di lui, ed era esattamente ciò che desideravo. Che il suo corpo invadesse il mio, che lo riempisse. Mi ha passato una mano sotto il ventre e ha continuato a muoversi lentamente dentro di me, la fronte appoggiata a una mia spalla.

C'era un senso di concentrazione, di compattezza, come fossimo una cosa sola. I nostri gemiti quasi soffocati si rispondevano con armonia. Sperimentavo un piacere diverso da quello intenso e violento che avevo provato solo poche ore prima, un piacere più voluttuoso. Ero concentrata sul movimento equilibrato dei nostri corpi, sul ritmo regolare del suo sesso che si ritirava e tornava a introdursi in me senza strappi, sempre più in profondità. Ero attenta ai suoni emessi dai nostri corpi. Non desideravo eccessi, non volevo che la potenza dei gesti, la passione o le grida di piacere aumentassero all'improvviso. Apprezzavo la serenità di quel momento, una serenità che avrebbe potuto ricordare la quiete della contemplazione. Avevo voglia di osservare i nostri movimenti, di ascoltarli, eccitata dalla sola idea che D. mi stesse sodomizzando. Mi sono chiesta se quell'uomo non fosse la mia anima gemella dal punto di vista sessuale, il mio doppio di letto. Forse era quella la ragione della mia ossessione, quella fissazione precoce da cui non ero mai riuscita a liberarmi. Se non avevo mai smesso di amarlo, probabilmente era perché non l'avevo mai amato. L'avevo sempre desiderato, e desiderato di desiderarlo.

Ho cercato il suo sguardo al di sopra della mia spalla. Aveva negli occhi il suo sorriso più tenero, privo di quella sottotraccia ironica che gli conoscevo. Ho avuto la strana impressione che mi conoscesse a memoria, come se avessimo fatto l'amore insieme da sempre. Evidentemente, il mio lungo legame immaginario con lui me l'aveva in qualche modo reso familiare. Era come se fossimo invecchiati insieme nel susseguirsi delle fantasticherie, io e lui, immancabili protagonisti di ogni singola scena di un copione che avevo immaginato per diciassette anni. Mai aveva cessato di essere il mio fantasma erotico.

Ci siamo contemplati a lungo. Poi, a notte fonda, mentre dormiva, ho lasciato la camera senza far rumore. Ho raggiunto mio marito che sonnecchiava e mi sono rannicchiata tra le sue braccia. Ho appena mormorato un «grazie» e mi sono addormentata. Se era questo ciò che voleva dire invecchiare, allora non bisognava più averne paura. Con D. non avevo voluto farla finita. Semplicemente, oltre che l'amore, avevo voluto fare un po' la pace.

I

Avevo sedici anni e quel ragazzo "dentro la pelle", per usare un'immagine arcinota. Non ne trovo una migliore, perché si trattava esattamente di questo. Del resto, sulla copertina arancione del bloc notes Rhodia che utilizzavo all'epoca, si intravede ancora la scritta a inchiostro blu: "La dolcezza della sua pelle". È curioso, ma ho pochissimi ricordi del ragazzo con cui l'anno successivo ho perso la verginità. Invece ricordo tutto di D., con cui ho soltanto "rischiato" di fare l'amore. Conservo perfettamente nella memoria quasi tutti i luoghi in cui ci siamo incontrati, ricordo ogni centimetro di corpo che mi ha accarezzato e soprattutto tutte le parole che ci siamo scambiati. Ma ho una spiegazione per tutto ciò. D. è stato il primo ragazzo ad avermi parlato in quella maniera, a esprimere senza giri di parole il turbamento che provocavo in lui, a rivolgersi a me come fa un uomo a una donna. Soprattutto, mi ha parlato di sesso senza preamboli, senza avermi nemmeno corteggiata prima.

Il giorno in cui mi ha rivelato il suo interesse per me, circa tre mesi dopo la riapertura delle scuole, non mi ha detto "Mi piaci molto" o "Ti andrebbe di venire al cinema?". No, appoggiato al muro della Casa della gioventù dove era in corso una festa, con la sigaretta tra le labbra e quei suoi occhi verdi, ironici e penetranti, mi ha guardato diritto in faccia e rivolgendosi alla scolaretta studiosa e riservata che ero all'epoca si è lasciato sfuggire: «Ti trovo splendida. Mi ecciti fino a star male, crepo dalla voglia di fare l'amore con te. Durante le lezioni non riesco a pensare ad altro. Quando curvi la schiena e sono dietro di te, ti fisso il culo e mi sembra di impazzire». Mi ha tolto il fiato, mi sono sentita mancare l'appoggio delle gambe e probabilmente sono diventata tutta rossa in faccia senza sapere cosa rispondere. Ho trascorso il resto dell'anno scolastico a inarcare la colonna vertebrale e a spiare il suo sguardo posato sul mio fondoschiena. A ripensarci ho dei sussulti nel bassoventre ancora oggi. Se dovessi dire qual è il mio primo ricordo erotico, non avrei alcun dubbio: quella sua brusca dichiarazione. Eppure, nel corso degli anni, ho sperimentato piaceri diversi, con uomini e donne, a due, a tre, a sei, variando le combinazioni e le posizioni. Forse custodire in fondo al cuore il ricordo di quel ragazzo è un modo per restare fedele alla mia giovinezza, o forse semplicemente si tratta di una delle fantasie più ricorrenti tra le trentenni. Quello che so è che lui mi ha segnata, nel senso più letterale del termine, come un allevatore marchia le sue bestie. Un marchio a fuoco, nello strato più profondo dell'epidermide, nell'inconscio, in quella zona della memoria che trattiene la paura primordiale dell'acqua, il sapore infantile dei marshmallow, l'umiliazione cocente della vergogna. Almeno un po', comunque, credo di averlo amato.

II

Sono stata io a rollare lo spinello. Mio marito non è mai stato un grande fumatore, non è particolarmente abile con le dita, almeno in questo genere di operazioni. Il suo cellulare ha squillato e si è alzato per andare a rispondere. Si è messo a parlare in inglese, camminando e scuotendo la testa, la mano libera affondata in una tasca. Mi sono avvicinata per passargli quella sigaretta di fortuna, ha fatto un tiro a fior di labbra, socchiudendo le palpebre, e me l'ha restituita. Poi, continuando a discorrere con il suo interlocutore, ha indicato il mio vestito con un dito e ha alzato il pollice in segno d'approvazione. Gli ho sorriso e ho ruotato lentamente su me stessa, come un'indossatrice nel bel mezzo di una sfilata. Lui ha confermato la sua prima impressione con una strizzatina d'occhio. Non si tratta del vestito più recente del mio guardaroba, ma è uno dei miei migliori acquisti. «Elle» lo definirebbe come "l'indispensabile tubino nero". Di raso morbidissimo, scende appena sotto il ginocchio seguendo le linee del corpo senza essere troppo aderente. Il suo punto di forza è il retro: si allaccia sulla nuca con un unico bottone, lavorato in nero e oro, lasciando la schiena completamente nuda fino in fondo. La parte davanti è ingannevole, perché copre interamente il petto e il collo. Poco male, senza reggiseno e con i capezzoli inturgiditi potevo puntare tutto sulla curiosità.

Pierre, che è inglese da parte di padre, ha riagganciato dopo i saluti di rito nel suo perfetto accento oxfordiano e si è lasciato ricadere sulla poltrona. Ha scolato il suo bicchiere di whisky e mi ha domandato: «Sei sicura di non voler mangiare niente?». Ho scosso il capo sbuffando un po' di fumo. «Non mi piace mangiare prima.» Sapevo esattamente quale effetto volevo ottenere fumando erba a stomaco praticamente vuoto. Volevo fluttuare un po' per entrare perfettamente in atmosfera, volevo percepire ogni cosa attraverso il velo deformante che rende desiderabile ogni corpo, e che mi avrebbe spronato ad accarezzare tutta quella pelle davanti ai miei occhi.

Mentre lui si riscaldava qualche avanzo del giorno prima, abbiamo discusso del più e del meno. I bambini, di due e quattro anni, sarebbero stati da mia madre per tutto il fine settimana. Avevamo due giorni tutti per noi. Avremmo anche potuto tenere i bambini a casa e chiamare una baby-sitter. Ma ciò non ci avrebbe permesso di dormire fino a tardi l'indomani mattina. Così invece avevamo tutta la notte a disposizione e la prospettiva di poterci riposare la giornata successiva, e questo ci rendeva molto più liberi. Pierre ha cenato appollaiato su uno sgabello sul pianale in granito nero della cucina, spiegandomi i numerosi impegni che lo aspettavano la settimana successiva. Mentre mi parlava, ho notato che gli si stavano ingrigendo le tempie e che le rughe agli angoli degli occhi si erano fatte più profonde. Cominciava persino a metter su un po' di pancetta, anche se ai miei occhi e davanti allo specchio riusciva ancora a nasconderlo. Questi segni del tempo non mi davano nessun fastidio, continuavo a essere attratta da lui, a trovarlo soprattutto molto virile. Amavo la peluria del suo petto, le sue spalle ampie e massicce, la pelle lievemente butterata delle guance, le mani grosse come badili, il peso che quasi mi schiacciava durante l'amore. Aveva giocato molto a rugby, prima di consacrarsi agli studi per diventare avvocato, ed era a letto che mi rendevo meglio conto della potente densità di questo sport. Ma per quanto fosse robusto, la sua mole non gli impediva di essere delicato. In dieci anni di relazione si era sempre, o quasi, dimostrato premuroso, rispettoso, pieno di attenzioni nei miei confronti. Certo, non erano mancati i litigi, a cadenza regolare, burrascosi e a volte anche carichi di violenza verbale. Ma quando arrivava al limite dell'esasperazione, piuttosto che cedere alla tentazione di prendere a pugni la porta usciva a fare due passi per schiarirsi le idee.

Quando ho incontrato Pierre avevo ventisei anni. Era amico di un avvocato penalista che avevo conosciuto durante una causa e con il quale, all'epoca, avevo una relazione piuttosto sconclusionata. Andavamo a letto insieme abbastanza spesso e ci era addirittura capitato di trascorrere una settimana di vacanza insieme, ma nessuno dei due aveva intenzione di impegnarsi più seriamente di così. Pierre aveva iniziato a corteggiarmi assiduamente subito dopo la cena in cui mi era stato presentato. Mi ero sentita lusingata perché era bello, brillante e spiritoso.

Ma era anche un uomo con quindici anni più di me, nel bel mezzo di una sentenza di divorzio e con una gran fama di donnaiolo. Come se non bastasse, era più spesso in Inghilterra che a Parigi. Per due anni ci siamo frequentati senza prometterci niente, sapendoci accontentare degli sporadici appuntamenti erotici che facevano la gioia di entrambi. Erano weekend di relax e cultura, bei momenti di intimità furtivamente sottratti ai rispettivi impegni di lavoro. Finché un giorno Pierre ha perso sua madre, in maniera fulminea e brutale. Un incidente stradale. Al cimitero, dritto in piedi davanti al feretro che scompariva nella fossa, si è reso conto di amarmi, ha capito lì, in quel momento, che era con me che voleva vivere, che voleva sposarmi, avere dei figli da me. Così ho lasciato il mio appartamentino nel diciannovesimo arrondissement, uno spartano bilocale al quinto piano senza ascensore, e mi sono trasferita a casa sua nella zona vicino a Saint-Augustin. All'inizio quella sua determinazione improvvisa mi aveva un po' spaventata, mi era parsa un po' drastica e affrettata, ma allo stesso tempo ero rassicurata dalla fiducia che riponeva nei nostri sentimenti, dalle certezze incrollabili che lo sostenevano mentre decideva il futuro di entrambi. Non me ne sono mai dovuta pentire. Pierre mi ha offerto la stabilità economica, mi ha circondata di amici colti e generosi e mi ha regalato una vita sessuale appagante e piena. E con lui ho avuto anche due figli, due splendidi bambini educati e affettuosi, almeno per il momento, che cerchiamo di crescere nel rispetto dei valori in cui crediamo, l'umanesimo, la tolleranza, la laicità, il gusto delle cose buone. Credo non mi abbia mai tradita. E in ogni caso non ha mai permesso che ne soffrissi.

Abbiamo continuato a chiacchierare ancora un po' sorseggiando un bicchiere di vino. Poi, verso mezzanotte, mi sono infilata un lungo impermeabile sopra al vestito e siamo usciti. Stavo attenta a non slogarmi una caviglia sui tacchi alti delle mie décolleté nere. Sotto casa Pierre ha fermato un taxi e appena entrati nella vettura ha dato all'autista l'indirizzo del club. Durante il breve tragitto non ho fatto che guardare fuori dal finestrino la sfilata della facciate haussmanniane dei palazzi, i loggiati scolpiti, le Porsche, le vetrine delle brasserie, i manifesti fuori dai cinema. Sarebbero potute essere le otto di sera. Per le strade risuonava ancora l'ebbrezza delle feste, delle cene che si prolungavano oltre misura, delle infinite possibilità della vita. Mi sono ricordata di quanto mi piacesse, da bambina, attraversare in macchina le vie di Parigi durante la notte. A quell'ora il mondo sembrava completamente diverso, e il mio di quell'epoca era di color grigio perché il rosso del comunismo e la promessa di un futuro radioso cominciavano già a sbiadire. Era un mondo in cui tutto risultava funzionale, operativo, pragmatico, senza decorazioni e orpelli. Dal punto di vista architettonico era un vero disastro, ma l'amalgama sociale era ancora reale e la scuola contribuiva ancora con efficacia all'ascesa professionale. Agli amici di provincia che a volte venivano a farci visita, gli edifici altissimi costruiti in serie in cui abitavamo, per la maggior parte case popolari, ricordavano le gabbie per i polli. Ancora non c'era l'abitudine di cambiare scuola ogni due per tre, o perlomeno si trattava di un fenomeno molto raro. Frequentare l'istituto del proprio quartiere era la regola, magari una regola non scritta, ma pochi erano i genitori disposti a metterla in discussione.

A quell'epoca, quando arrivava il momento di mandare i figli alle scuole medie di zona, i genitori di sinistra non si ponevano ancora le due domande fondamentali che li assillano oggi: si possono sacrificare i figli sull'altare dei propri ideali politici? Non è forse eccessivo porre la questione in questi termini? Abitavo in un quartiere della banlieue che tempo dopo sarebbe balzato sulle prime pagine di tutti i giornali a causa del burrascoso passaggio di un ministro degli Interni, futuro presidente della Repubblica. La mia vita trascorreva serena, in tutta sicurezza, ed ero fiduciosa nell'avvenire. Quando ci capitava di andare a Parigi e attraversarla durante la notte, ne ero sempre affascinata. Cercavo di spiare all'interno degli appartamenti attraverso le finestre illuminate, provavo a immaginare gli inquilini che ci abitavano, la vita che potevano condurre svegliandosi ogni mattina e addormentandosi ogni sera in quella città, loro che non dovevano accontentarsi di trascorrervi soltanto la giornata lavorativa.

Pierre ha pagato l'autista, è sceso e ha fatto il giro della vettura per venire ad aprirmi la portiera. Trovavo adorabile la sua galanteria, quelle sue maniere a volte un po' all'antica. La porta del club privato era munita di spioncino e decorata da una placchetta d'oro che ne recava l'insegna. Prima che Pierre suonasse il campanello mi sono sistemata l'abito e l'acconciatura, una sorta di riflesso condizionato che facevo con il timore che prima o poi non ci avrebbero lasciato passare, magari perché troppo in là con gli anni o perché troppo trasandati. Quando confidavo a Pierre questa mia preoccupazione, lui scoppiava in una risata sincera e mi accarezzava i capelli rammentandomi che tutte le coppie presenti erano ben lontane dal rappresentare i canoni della bellezza ideale. E che io, malgrado i miei trentatré anni, continuavo a essere un lasciapassare più che all'altezza. Sta di fatto che la porta si è aperta e la proprietaria, una bionda dall'aspetto vispo, l'età indefinita e la scollatura profonda, ci ha accolto con un gran sorriso di circostanza, mentre si assicurava con un colpo d'occhio che la nostra sola presenza non potesse nuocere alla reputazione del locale. Ci ha fatto largo, permettendoci di accedere nell'atrio, dove aleggiava un'atmosfera da vecchio boudoir. Abbiamo affidato la giacca e l'impermeabile alla guardarobiera, un'altra bionda con una ventina d'anni in più, inguainata in un abito di similpelle bianca. La donna ha preso i nostri nomi e li ha inseriti sul registro del locale, poi ci ha consegnato un cartoncino personalizzato per le consumazioni al bar. Allora Pierre ha fatto scivolare la mano sulla mia schiena nuda per invitarmi a scendere le scale.

III

Così avevo sedici anni, e in quanto a esperienza non ero né in anticipo né in ritardo sulla mia età. C'era stato qualche piccolo flirt, fatto di baci umidi e mani goffe e trattenute, ma avevo trovato questi primi approcci assai deludenti. Niente a che vedere con le sospiranti avventure narrate nelle pagine de *L'Empreinte du désir* o nella trilogia di culto di Régine Deforges, *La bicyclette bleue,* vale a dire i testi sui quali avevo formato la mia educazione sessuale durante le vacanze estive a casa dei nonni. Vagheggiando su quei libri mi ero prefigurata un futuro in cui le emozioni forti si sarebbero alternate a una vorticosa serie di orgasmi multipli. Nei miei primi scambi di saliva mi ero aspettata di varcare la soglia di un mondo nuovo, come la casalinga della pubblicità dei gelati Carte d'Or che, aprendo il congelatore, si ritrova magicamente catapultata in un paradiso di sorbetti. E invece non era accaduto nulla di tutto ciò, nessun turbinio, nessun tumulto, nessuna forza impetuosa a trasportarmi nell'ignoto. Il frigorifero nella cucina dei miei genitori non si spalancava su nessun passaggio segreto, nessuna porta invisibile. E avevo cominciato a temere che non esistesse alcun universo parallelo.

Poi D. si è seduto nel banco di fianco al mio, con la sua apparente indifferenza, il suo sex appeal, il suo sguardo penetrante, e la vita ha assunto subito un altro sapore. Più piccante. Non che lo trovassi particolarmente bello, credo che l'effetto che mi procurava dipendesse da quel modo così singolare che aveva di posare i suoi occhi su di me, con quella miscela esplosiva di sfida, ironia e desiderio. Sì, aveva voglia di me, potevo sentire il suo desiderio, me lo confidava, e la sua attrazione alimentava la mia. Senza parlare di quell'indole ribelle che da sempre affascina le prime della classe. D. aveva una fidanzatina da quasi tre anni, una cosa rara tra gli adolescenti della sua età. E ancora più raro era che lei fosse più grande, una ragazza di quasi diciannove anni. In quanto a sesso, l'adolescente era fin da allora molto più spregiudicato di me. Per quanto mi riguardava, all'epoca, come scrivevo nei miei quaderni, «oltre alle labbra non avevo mai offerto nient'altro che l'incavo del collo».

D. non aveva alcuna intenzione di lasciare quella ragazza. Diceva di amarla, ma questo non impediva al grazioso fondoschiena dei miei sedici anni di scatenargli bollori e turbolenze. Non siamo mai usciti insieme in veste ufficiale. Mai mi ha tenuto la mano passeggiando per la strada, mai mi ha baciata davanti a qualcuno, mai si è rivolto a me in pubblico con quella voce più grave e con quel tono al contempo autoritario e supplichevole che gli capitava di utilizzare quando eravamo soli. I rari momenti di intimità che abbiamo condiviso si stagliano nella mia mente nettamente distinti gli uni dagli altri. Si succedono l'uno dopo l'altro come i capitoli di un romanzo, ciascuno con il suo bel titolo, tanto laconico quanto esplicito. La scena inaugurale, la trionfale rivelazione di quando D. mi aveva dichiarato senza mezzi termini fino a che punto lo eccitavo, non poteva che chiamarsi "La Casa della gioventù". Il secondo capitolo invece si intitola "La camera di Fanny".

Rileggendo oggi le pagine scritte all'epoca, mi rendo conto che quel penultimo anno di liceo, un anno così particolare della mia vita, scandito da incontri amorosi clandestini al termine di serate alcoliche, è gravato da una forte dose di malinconie, a volte persino violente, e da un inafferrabile senso di umiliazione. Col tempo ho finito per conservare nella memoria soltanto il turbamento di quel primo estremo e fulmineo faccia a faccia con il desiderio. Mi sbalordisce sempre il nitore di questo ricordo, ancora così vivo in me nonostante il passare degli anni. Un ricordo che ha attraversato indenne tutte le altre esperienze erotiche, gli altri letti, gli altri amanti, le contingenze della vita adulta, la maternità, la morte.

IV

Un bar, una pista da ballo, alcuni tavolini bassi, pouf e divanetti. Fatta eccezione per l'area espressamente dedicata al sesso, a prima vista un locale per scambisti non differisce molto da una discoteca qualsiasi, se non forse per il fatto che l'arredamento è più curato e il numero dei frequentatori è leggermente inferiore, soprattutto attorno al bancone del bar. C'è anche da dire che l'età media è più elevata e le donne si permettono di sfoggiare ogni genere di tenuta, ma forse questo accade anche nella più classica delle discoteche e semplicemente sono io a non essere più in grado di fare paragoni. Appena entrati siamo andati dal barista a ordinare due coppe di champagne. L'uomo era un giovane dalla pelle olivastra e i tratti caratteristici degli indiani pellerossa, con gli occhi scuri e i capelli lunghi raccolti in una coda di cavallo. Ci ha subito sfoderato un sorriso disarmante. Lavorava nel locale da qualche tempo, e non avevo potuto fare a meno di notarlo già in altre occasioni. Era di una bellezza da togliere il respiro, e immagino che questo fosse esattamente l'effetto che desiderava ottenere. Piacere alle clienti, alimentare le loro fantasie affinché si sentissero più predisposte a intrattenersi con altri uomini. Mi sono guardata attorno, tentando di farmi un'idea della fauna presente quella sera. Come d'abitudine, la stragrande maggioranza era composta da persone sui quarant'anni.

Alcune delle donne erano davvero belle, sexy nei loro abiti audaci. Altre, più insignificanti, sarebbero potute andare al lavoro vestite tali e quali. Per quanto riguarda gli uomini, dal momento che non ne sentivo la voce e non riuscivo a leggere nulla nei loro sguardi, mi apparivano tutti interscambiabili tra loro. In quel locale il mio desiderio non si era mai nutrito della sola visione di uno sconosciuto, o del fatto di conoscere qualcuno in particolare. Per un curioso paradosso, in questi luoghi consacrati al sesso la mia libido sembrava nel complesso anestetizzata dalla mancanza di sorprese, dalla presenza di tacite regole, impliciti codici e rituali convenzionali che rendono il gioco solo falsamente libero, un po' vano e scontato. Così, se la bisessualità femminile fa parte di preliminari imprescindibili in un locale per scambisti, non mi è mai capitato di vedere due uomini sfiorarsi a vicenda, se non inavvertitamente.

Sulla pista da ballo numerose coppie e alcune donne che avevano lasciato i loro partner su qualche divanetto si stavano dimenando tentando di seguire il ritmo. Le possibilità di scelte musicali atte a creare un'atmosfera al contempo sensuale e frizzante sarebbero pressoché infinite, e la clientela abituale ha da parecchio tempo superato l'adolescenza, eppure per qualche inafferrabile ragione la maggior parte dei club libertini si ostina a puntare su una techno battagliera e un po' triste. Eppure, dalla *Décadanse* di Gainsbourg a un'aria *zouk*, da qualche passo di salsa a un *Déshabillez-moi* in stile Juliette Gréco, fino al «*Voulez-vous coucher avec moi*» di *Lady Marmalade*, non mancano i titoli e i ritmi che potrebbero creare un ambiente musicale idoneo, distensivo, intriso di sensualità e ironia. Al loro posto trionfa il pum pum pum dei bit elettronici e, a eccezione delle giovani accompagnatrici di professione, i cui ancheggiamenti rimarrebbero sexy anche in una danza popolare, è fatale che la maggior parte dei ballerini risulti in ultima analisi piuttosto ridicolo.

Pierre mi si è accostato all'orecchio e mi ha suggerito di guardare una coppia alla nostra sinistra che gli pareva interessante. Appollaiata sul mio sgabello, mi sono scostata un poco dal bancone per voltarmi e lanciare discretamente un'occhiata. Erano seduti su un divanetto: lei avrà avuto circa la mia età, una morettina graziosa, piuttosto esile, con le gambe accavallate, lui era un uomo dal bel viso, con occhiali dalla montatura fine, e le circondava le spalle con un braccio. Stavo per rigirarmi verso Pierre quando il mio sguardo si è fermato su una seconda coppia, appena arrivata. Erano ancora in piedi in fondo alla scala, a sette o otto metri di distanza da noi. La ragazza aveva tratti asiatici ed era molto carina, snella, con i capelli lisci e scuri tagliati a caschetto. L'uomo che la teneva per mano stava guardando in direzione della pista da ballo. Sono riuscita a intravederne solo il profilo. Me lo ricordavo più alto, questo sì, ma quel breve scorcio è stato sufficiente perché lo riconoscessi.

V

Quando Fanny, una delle mie compagne di classe, ha annunciato che i suoi genitori avevano accettato di prestarci la loro cantina per il veglione di capodanno, mi sono immediatamente posta due domande. Uno: D. avrebbe partecipato alla serata? Due: come mi sarei vestita? Fino allo scoccare dei trent'anni, all'epoca della prima gravidanza, non ho mai sofferto complessi per il mio aspetto fisico. Da adolescente ero carina, snella e in pace con il mio corpo. Adoravo ballare e c'era qualcosa nel mio modo di ancheggiare che catalizzava facilmente gli sguardi. Avevo un seno piccolo dai capezzoli pronunciati, e mi divertiva indossare le magliette senza il reggiseno. Dopo la folgorante rivelazione alla Casa della gioventù, con D. ci eravamo a malapena riparlati, o meglio, lui mi aveva a malapena rivolto la parola. Sta di fatto che per misurare l'effetto che potevo avere su di lui al di fuori delle mura scolastiche puntavo molto su quel genere di festini a base di alcol e musica, luci soffuse e promiscuità.

Credo di ricordare che sia arrivato da Fanny piuttosto tardi, quando ormai non lo aspettavo più. A un certo punto della serata avevo iniziato a bere, decidendo deliberatamente di stordirmi per cercare di divertirmi malgrado la sua assenza. Eravamo un gruppetto di ragazze e ragazzi molto affiatati, abbastanza disinibiti, ma alla fin fine anche piuttosto casti. Alle ragazze bastava la complicità di qualche bicchiere per gettarsi tra le braccia dei maschietti che recitavano loro poesie, le facevano ridere, parlavano di musica, e insomma facevano di tutto fuorché prendere l'iniziativa. Ognuno si dibatteva tra la tentazione di toccare l'altro, il timore di non essere all'altezza e la paura di essere rifiutato. Mi piacerebbe oggi tornare indietro a quell'età, ritrovare il corpo dei miei sedici anni, la stessa freschezza, lo stesso candore, gli amici che hanno accompagnato quell'epoca della mia vita, ma mi piacerebbe farlo potendo approfittare della sicurezza, della consapevolezza e dell'esperienza che ho maturato con gli anni e che oggi fanno di me la persona che sono. Se non avessi temuto così tanto la famigerata "prima volta", se fossi stata più agguerrita, se non avessi avuto una visione così dogmatica delle relazioni umane, e se non avessi attribuito così tanta importanza alla mia immagine e al giudizio degli altri, forse sarei andata fino in fondo con D., e avrei ottenuto da lui ciò che desideravo. Forse questo senso di incompiutezza non mi avrebbe perseguitato per tutti questi anni. Ma ero talmente prigioniera dell'opinione comune che vuole che non si debba essere precipitosi nell'inaugurare la propria vita sessuale, ma piuttosto aspettare che arrivi il momento giusto, la persona giusta, l'uomo con cui magari costruire una relazione duratura... Oh, come ero giudiziosa, nell'età della spontaneità!

Quando D. è arrivato a casa di Fanny la mezzanotte era passata da un pezzo. Mi sono accorta che era arrivato non perché l'abbia veduto, ma perché ho sentito il suo sguardo a qualche metro di distanza che si posava su di me. Nel frastuono che ci circondava è venuto a salutare il ragazzo con cui stavo chiacchierando e mi ha sfiorato la guancia con un rapido bacio. Poi è andato a fumare una sigaretta accanto all'amplificatore, senza staccarmi di dosso i suoi occhi verdi. Mi sono sforzata di restare calma, di fingermi indifferente e frivola, di mostrarmi rapita dai racconti del mio interlocutore. La musica ha cambiato ritmo, non più del funk o del soul, ma nientemeno che *With or Without You*, il classico degli U2 che non riesco ad ascoltare senza farmi venire le lacrime agli occhi. Funziona ogni volta, è sistematico: appena sento la voce grave di Bono attaccare la prima strofa, «*See the stone set in your eyes / See the thorn twist in your side*», mi si stringe il cuore, non c'è niente da fare. Mi sono alzata e mi sono diretta verso di lui con passo perfettamente sicuro, avvolta dal suo sguardo. Forse, a pensarci bene, nessuno mi ha mai più guardata in quel modo. Mi sono piazzata di fronte a lui e gli ho chiesto spavalda: «Non mi inviti a ballare?». Ha spento la sigaretta senza dire una parola e, dopo alcuni secondi, mi ha risposto: «Preferirei che andassimo a dare un'occhiata al piano di sopra». L'ho seguito su per le scale, l'avrei seguito ovunque.

Giunti in cima, regnavano solo il silenzio e l'oscurità.

C'era un'atmosfera solenne più che di tensione. Indossavo un jeans blu slavato e un maglioncino di cotone senza maniche, un capo che adoravo perché la scollatura all'americana lasciava scoperte le spalle ma mi avvolgeva il collo, e mi stava bene da matti. Sembra incredibile, ma ho annotato ogni cosa in qualche angolo del cervello e mi ricordo tutto, fin nei minimi dettagli. È perché ero consapevole che quella sera stavo finalmente traslocando in un'altra vita, la vita adulta che tanto mi affascinava. Mi stavo per lasciare alle spalle pezzi della mia infanzia, brandelli della mia pelle di fanciulla, e ne ero consapevole. Non stavo perdendo l'innocenza, quello no. Innocente, non mi sono mai considerata.

Ci siamo intrufolati nella prima camera che abbiamo trovato, quasi certamente quella di Fanny. Le imposte erano aperte e attraverso le tendine della finestra filtrava nella stanza la luce fioca dei lampioni della strada. Per un lungo istante siamo rimasti in piedi uno di fronte all'altra. Era emozionato, me ne accorgevo. Mi ha detto che aveva paura di farmi soffrire, perché non era libero sentimentalmente. Credo che fosse stato molto innamorato della sua fidanzatina, la ragazza che lo aveva iniziato all'amore, e l'idea che quel bel sentimento fosse svanito gli risultava insopportabile. Ma da lì a esserle fedele, era pretendere troppo. Per tutta risposta mi sono seduta per terra sulla moquette, in silenzio. Si è seduto anche lui, a circa un metro e mezzo di distanza da me. «Vieni più vicino, per favore» mi ha detto dopo un po' con una voce stranamente roca che mi ha fatto sobbalzare. Sono avanzata verso di lui a quattro zampe e mi sono allungata al suo fianco, sdraiata sulla schiena. Non mi disturbava assecondare le sue richieste. D. si è steso accanto a me, appoggiandosi a un gomito, con il palmo della mano a sorreggergli la guancia. Mi ha sfiorato i capelli con la punta delle dita, poi il viso. Con l'indice mi ha ricalcato il profilo del naso per poi esitare sulle labbra. Allora, sempre con tocco delicato, mi ha accarezzato una spalla.

Nella penombra riuscivo appena a intravedere la sua sagoma, mi sovrastava leggermente, robusta. Mi ha poggiato la mano sul ventre, e io ne ho percepito il calore attraverso la maglia. Sentivo il suo fiato sulla guancia, l'accelerazione del respiro mentre si chinava su di me, mentre le sue labbra socchiuse sfioravano le mie. Ho avvertito appena la punta della lingua. Era una sensazione completamente diversa dai baci bavosi ai quali avevo avuto diritto fino a quel momento. È bastato questo semplice contatto appena accennato per farmi correre un brivido lungo la spina dorsale. Se ne deve essere accorto, perché ha sorriso. E ha ricominciato. Ancora una lieve pressione sulla mia bocca poi, senza fretta, ha iniziato ad accarezzare con la lingua il mio labbro superiore. Si è interrotto e ha rialzato il capo per guardarmi, poi si è chinato di nuovo per stringere il mio labbro inferiore tra le sue labbra. Era come se non si decidesse a baciarmi completamente, ad affondare il colpo, a rovistare tra le mie mascelle dandoci dentro con la lingua. Così facendo, avanzando a piccoli passi continuamente trattenuti, il mio turbamento cresceva, i miei sensi si drizzavano. Non so come avesse imparato a gestire alla perfezione quella tecnica sopraffina, ma so che ne ero completamente soggiogata. Osavo appena respirare. Sentivo il mio corpo attraversato da ondate di brividi ora bollenti ora ghiacciati.

Ogni centimetro della mia pelle si sentiva stimolato e mi pareva che ogni parte del mio corpo fosse in comunicazione con tutte le altre, il viso con il ventre, la pelle con i muscoli. Gli bastava leccarmi la bocca perché mi si rizzassero uno dopo l'altro i peli degli avambracci. Avrebbe potuto sfiorare qualsiasi zona del mio corpo, dall'incavo del gomito alla punta del ginocchio, per provocare un'identica dose di eccitazione. Ecco, eccitazione. Oggi posso servirmi con certezza di questa parola per esprimere i tumulti che mi animavano. Nei miei resoconti dell'epoca di questo termine non c'è alcuna traccia, ma la dettagliata descrizione che feci di quel turbinio di sensazioni e manifestazioni fisiche non lascia spazio ad alcun dubbio: su quella moquette sono stata sessualmente eccitata per la prima volta nella mia vita. Gli ho afferrato la mano che aveva lasciato appoggiata sul mio ventre, e l'ho fatta scivolare con un gesto un po' brusco sotto il tessuto della maglia. Al contatto del suo palmo sulla pelle del costato ho inarcato la schiena, lasciando che le sue dita scivolassero lungo i pochi centimetri che le separavano dal petto. D. ha emesso un gemito appena percettibile. Tenendomi la mano chiusa a coppa sotto il seno, ha fatto scorrere il pollice da una parte all'altra del mio capezzolo, ripetendo con delicatezza quel gesto per molte volte.

Poi si è disteso sopra di me, le sue gambe tra le mie, e

mi ha sollevato il golf, arrotolandolo fin sotto le ascelle, per scoprirmi il petto. Ho passato le dita tra i suoi capelli finissimi, e lui ha cominciato a baciarmi i seni con dolcezza, senza concentrarsi soltanto sulle punte. Sentivo il peso del suo corpo, la pressione esercitata tra le gambe. Con una mano si è avventurato più in basso, scendendo fino alla cintura e ai bottoni dei jeans, cominciando a slacciarli. Lì, l'ho fermato.

«No. Non qui, non adesso» gli ho sussurrato.

«Perché?»

«Perché potrebbe entrare qualcuno da un momento all'altro.»

«È vero.»

Ha sospirato, senza ritirare la mano. Anzi, l'ha fatta scendere lungo la coscia, fino a incontrare il bordo elastico di una Dim Up. Oggi non mi verrebbe mai in mente di indossare autoreggenti sotto i pantaloni. A ogni modo, quel controsenso ha lasciato D. letteralmente senza fiato, e non ha fatto che alimentare la sua scorta di rimpianti. Ai suoi occhi, evidentemente, delle calze sexy sotto un paio di jeans dovevano essere indizio di ben altre intenzioni. A quel punto abbiamo sentito un rumore di voci e risate provenire dal corridoio, seguito da tutto un trambusto che indicava chiaramente che la serata stava volgendo al termine. Un fascio di luce è filtrato da sotto la porta, che si è spalancata nel momento esatto in cui mi sono calata il maglione sui jeans sbottonati. Era ora di andare.

Sono rimasta turbata per giorni, per settimane forse. Non riuscivo a smettere di pensare e ripensare a quegli istanti fugaci di intimità, accesa dalla speranza che molto presto altri ne sarebbero seguiti. Se D. mi era seduto davanti, potevo trascorrere interi minuti incantata a fissare la pelle olivastra della sua nuca, nel punto esatto in cui l'attaccatura dei capelli gli disegnava un triangolo d'una delicatezza commovente. A volte lo spiavo di nascosto, circoscrivendo con gli occhi il profilo della sua bocca e sussultando a ogni minimo movimento, memore di quando quelle labbra si erano posate sui miei seni. Restavo rapita per ore. Ma D. si mostrava estremamente distaccato, impassibile, non lasciava trasparire nulla dei suoi sentimenti e delle sue intenzioni. Ci vedevamo soltanto a scuola, durante l'intervallo tra una lezione e l'altra, mai da soli. A me risultava inconcepibile l'aver condiviso una intimità fisica così potente senza che questa esperienza lasciasse alcuna traccia nei nostri rapporti quotidiani. Lui non aveva cambiato idea, persisteva nel voler salvaguardare la tranquillità della sua relazione ufficiale e si era sentito in dovere di ribadirmelo a chiare lettere in occasione di uno scambio di bigliettini durante una lezione di francese. Si era scusato di farmi soffrire, mi diceva che da lui non dovevo aspettarmi niente. Dal canto mio, tentavo di fare buon viso a cattivo gioco e recitavo alla bell'e meglio la parte dell'indifferente; anche se ero giovane e inesperta non ignoravo l'antica ricetta secondo la quale in amore vince chi fugge. E allora eccomi a mostrarmi particolarmente affabile con gli altri ragazzi del gruppo, a sforzarmi di apparire sempre allegra e di buon umore. Ma appena restavo da sola mi scoprivo malinconica, incapace di provare il benché minimo interesse per la vita che portavo avanti dietro quella maschera. Come spesso accade durante l'adolescenza, alternavo stati di pura euforia a momenti di cupa depressione. Vivevo ogni emozione in maniera amplificata, assoluta, e le mie emozioni dipendevano da D. Se non mi rivolgeva la parola per una lunga, estenuante settimana, allora mi chiudevo a mia volta in un mutismo ostinato. Ma se soltanto capitava che mi passasse il sale alla mensa della scuola, rientravo a casa sfringuellando gaia come un usignolo.

Spesso, dopo le lezioni, il nostro gruppetto si riuniva nel tardo pomeriggio sempre nello stesso bar all'angolo, i ragazzi per fare una partita a biliardino, le ragazze per chiacchierare o giocare a dadi nel tavolo a fianco. Talvolta i maschi ci concedevano il lusso di una sfida e finiva che immancabilmente prendevano in giro la nostra goffaggine, il nostro uso smoderato delle "rullate", peraltro proibite dal regolamento, e ridevano degli acuti assordanti che emettevamo non appena l'azione si intensificava. Maschi e femmine stavano tutto il tempo a stuzzicarsi e a provocarsi, comunicando tra loro a colpi di ironia o su un registro allusivo, il miglior espediente che avevamo escogitato per camuffare la curiosità e l'attrazione che l'altro sesso non mancava reciprocamente di suscitare. Quando D. era presente, concentrato sugli spostamenti della pallina, con la sigaretta che gli penzolava all'angolo della bocca, mi mettevo a spiare le sue mani afferrare le manopole, ne osservavo le nocche che si contraevano nello sforzo. A volte si arrotolava le maniche fino al gomito e potevo contemplare i suoi avambracci in tutta libertà. Lo trovavo energico, denso, virile. Probabilmente se oggi mi si presentasse davanti un identico ragazzino di sedici anni, avrei l'impressione di trovarmi di fronte a poco più che un bambino. Ma all'epoca D., con quel suo sguardo sessualmente esplicito, e quel suo atteggiamento ambivalente nei miei confronti, che alternava disinteresse, cameratismo e tecniche di seduzione, rappresentava per me l'archetipo stesso del fascino maschile.

Un giorno abbiamo avuto uno scambio di battute un po' più acceso. Voleva mettermi alla prova, probabilmente senza vera malizia, ma io dopo tutte quelle settimane in cui mi aveva spudoratamente ignorato avevo i nervi a fior di pelle. Così mi è caduta la maschera di indifferenza e distacco che gli avevo faticosamente riservato fino ad allora. Avevo addosso una graziosa minigonna che mi stava bene senza essere volgare. D. stava salendo dietro di me lo scalone che portava alle aule del primo piano e l'ho sentito che mi rivolgeva la parola. «Sei proprio strana, sai. Sotto i jeans ti metti delle calze autoreggenti, e sotto la gonna dei collant...» Voltandomi di scatto, non ho saputo trattenere un'espressione indispettita: «E per te che diavolo di differenza fa, si può sapere?». Quel che è certo è che non sono mai stata un tipo dalla risposta pronta. Eravamo in cima alle scale, attorniati dal flusso di studenti che stava salendo come noi al piano di sopra. D. ha sgranato gli occhioni colto di sorpresa, e con il suo sorriso più candido mi ha risposto: «Ehi calma, non c'è mica bisogno di offendersi». Io, che non amavo essere volgare e imprecavo assai di rado, non ho trovato niente di meglio per replicare che sibilare un secco: «Vai a cagare!». Al che ho girato i tacchi e mi sono fusa con la folla anonima degli studenti. Ma in verità, più che avercela con lui ero furibonda con me stessa.

Qualche tempo dopo è bastato un piccolo gesto insignificante, a ripensarci una cosa davvero da nulla, perché dentro di me si rimettesse in moto l'ingombrante ingranaggio della speranza e dell'attesa. Eravamo in quattro o cinque a fare capannello nell'atrio della scuola dopo pranzo. Nel gruppetto c'era anche D. Ho chiesto se qualcuno avesse una sigaretta da offrirmi. Lui ha annuito, ha estratto il suo pacchetto, e invece di allungarmelo ha preso una sigaretta, se l'è portata lentamente alle labbra, l'ha accesa, ha fatto un tiro e me l'ha passata. Nessuno ci ha fatto caso, ma io non gli ho staccato gli occhi di dosso un istante durante tutta la manovra. E soprattutto ho continuato a guardarlo quando ho a mia volta stretto il filtro tra le labbra. Un bagliore di divertita complicità gli ha acceso lo sguardo, ed è bastato a sciogliermi. Gli ho restituito quel mezzo sorriso che a stento aveva saputo contenere. Era la nostra sigaretta della pace.

VI

La coppia si è incamminata in direzione del bar. Ho ruotato sullo sgabello alla velocità della luce, stringendo con le dita la base del bicchiere, in preda al panico. Lui si è avvicinato al bancone, un lembo della sua camicia ha sfiorato la mia schiena nuda. Mentre ordinava due coppe di champagne, ho riconosciuto la sua voce e ho avuto l'impressione che mi risuonasse nella spina dorsale. Sì, ero sconvolta, di colpo non capivo più dove mi trovassi, quanti anni avessi, che cosa mi stesse succedendo. Pierre se ne deve essere accorto perché mi ha chiesto se mi sentivo bene. Ho annuito col capo, mormorando che forse lo champagne mi stava dando alla testa. Premuroso come suo solito, si è alzato per andarmi a prendere uno spiedino di frutta dal buffet apparecchiato poco distante. Io non avevo neanche il coraggio di muovermi, mi sentivo inchiodata a quell'alto sgabello. D. era alle mie spalle che attendeva la sua ordinazione. Proprio mentre Pierre stava tornando verso di me, D. ha ringraziato il barista e si è allontanato. In altre circostanze avrei trovato quella tempistica persino divertente. Ho ingoiato i dadini di frutta alla bell'e meglio, nonostante la gola secca e lo stomaco chiuso, poi ho detto a Pierre che andavo un attimo alla toilette e mi sono alzata.

I bagni erano lì accanto, due metri dietro di me. Mi sono data una sciacquata al viso e ho osservato il mio riflesso nello specchio sopra al lavabo. Non sono riuscita a trattenermi dal ritoccare il trucco con la punta delle dita, ho studiato il mio profilo per assicurarmi di non aver messo su una taglia di troppo, ho rovesciato la testa all'ingiù per ridare un po' di volume ai capelli, che portavo ancora lunghi e ricci. Mi dibattevo tra la paura e l'impazienza, ero divisa tra una sensazione di totale irrealtà e l'impressione ineluttabile che sarebbe accaduto quello che doveva accadere. Alle mie spalle, alcune donne si incrociavano, a volte si riconoscevano ed era tutto un abbracciarsi a forza di "mia cara, ma come stai?", mentre altre si sistemavano le calze o la scollatura e si lavavano scrupolosamente le mani come chirurghi prima di un intervento. Quelle immagini, quei profumi, quei dialoghi, tutto si affollava nella mia mente accavallandosi a sensazioni più remote, sentimenti che non provavo da molto tempo e che mi scuotevano dentro al petto, mi colmavano il ventre. Ero agitata, ogni muscolo del corpo in tensione. Le donne lì presenti mi sembravano eccessivamente truccate, imbellettate, false, e io mi sentivo la sola a vagare a volto scoperto in quel ballo in maschera. Ho chiuso gli occhi per evitare di guardarle, per non dover fronteggiare il mio riflesso nello specchio. Avrei ceduto volentieri il flûte di champagne per una pinta di birra, mi sarei sfilata con piacere le décolleté che avevo ai piedi liberandomi dai loro dieci centimetri di tacco per andare a ballare su un pezzo dei Nirvana. Viva, mi sono sentita viva.

E in quel periodo non era cosa da poco. Stavo scoprendo, piuttosto in ritardo per la verità, che la morte non è soltanto quell'ombra onnipresente, solenne e un po' teatrale, che aleggia a volte sui processi che seguo in tribunale. Da qualche mese era diventata una realtà cruda e familiare con la quale dover fare i conti più direttamente. La sentivo approssimarsi per cerchi concentrici. Un'amica della mia età colpita da un cancro al seno, un collega morto ad appena cinquant'anni per la rottura di un aneurisma, uno dei miei nipoti afflitto da una rara malattia genetica, la scoperta di una lesione precancerosa al collo del mio utero. E soltanto qualche settimana prima un brivido freddo mi era corso lungo la schiena quando la mia bambina di quattro anni, che ignoravo persino potesse avere coscienza dell'esistenza stessa della morte, mi aveva detto: «Quando sarò morta voglio che tu sia sepolta vicino a me, così potrai venire a cullarmi nella tomba». Invecchiavo e perdevo gli ultimi strati di pelle ancora impregnati di spensieratezza. Forse questa dolorosa muta aveva bisogno di qualche parentesi in cui l'unica cosa a contare fosse l'istante presente.

VII

In discoteca non ci andavamo mai perché era lontana, cara e teoricamente anche vietata ai minori. Passavamo le serate in qualche Casa della gioventù che si trovava in zona, o a improvvisare un festino a casa di un amico, magari nella cantina di qualcuno che abitava in una villetta e che aveva genitori disposti a reggere l'assalto di una ventina di adolescenti. Bastava non lasciare in giro le lattine di birra, le bottiglie di Malibu, di Baileys e di vodka, e allora gli adulti chiudevano un occhio e ci lasciavano fare. Quanto al fumo, credo che tra i nostri genitori nessuno fosse nemmeno in grado di distinguere il caratteristico odore di una canna. Quelli di Mathieu avevano una casa spaziosa, una cantina e un giardino che non erano da meno. Una volta concessero al figlio il permesso di ricevere "qualche amico", così un sabato sera ci siamo ritrovati in trenta nel loro scantinato, presto avvolti da una spessa coltre di fumo di sigaretta, con i Rage Against the Machine o i Lofofora sparati nelle orecchie a tutto volume. Eravamo dei rockettari. Niente rap alle nostre feste, pochissimo funk o dance, un po' più di reggae, una punta di ska. Per mandarci in estasi, niente di meglio dei Téléphone, dei PiL, dei Noir Désir o dei Madness. Bastavano *Ça c'est vraiment toi* o *This Is Not a Love Song* ed eravamo in un bagno di sudore, anche se le ragazze finivano sempre per strappare qualche brano dei Rita Mitsouko. Oggi, nella mia vita di lavoratrice e madre di famiglia, le occasioni per ballare non sono molte. Alle feste di matrimonio e di compleanno o alle serate d'inaugurazione di una casa nuova dopo un trasloco, ogni volta che me ne si presenta l'occasione ne approfitto per riscoprire questo piacere antico. E quando il deejay ha come me vent'anni di ritardo sulle ultime tendenze musicali, allora tanto meglio e si può star sicuri che prima o poi mi ritroverò a piedi scalzi, con gli occhi chiusi, circondata da tutti i miei fantasmi.

Quella sera a casa di Mathieu indossavo con disinvoltura un abitino nero corto e aderente, come potevo permettermi all'epoca, e quel vestito compì la sua missione. Appena arrivata, alcuni dei ragazzi mi gratificarono con commenti lusinghieri e sguardi d'intesa, che non cessavano di meravigliarmi e farmi arrossire. Avevo un bel proclamarmi femminista, rivendicare l'ammirazione per le lotte delle donne più grandi di me, ma sta di fatto che da quando il mio corpo era cambiato quel mio nuovo statuto di oggetto del desiderio non mi dispiaceva per niente. Vivevo come una singolare contraddizione la fiera presa di posizione per la parità e la libertà femminili e il ritrovarmi al contempo preda dei miei sentimenti e delle mie sensazioni, dipendente dallo sguardo maschile. Nei giorni di più acuta depressione, arrivavo addirittura a considerare la passione una condizione alienante.

A casa di Mathieu ho messo a tacere ogni scrupolo, per rispondere con assoluta disponibilità alla lusinga e all'adulazione. Eternamente in ritardo, D. non era ancora arrivato e comunque sapevo che anche in quell'occasione non avrebbe certo tradito in pubblico nemmeno la più insignificante delle emozioni. Mi ricordo perfettamente del mio stato d'animo di quel momento, e non è difficile da descrivere: spensieratezza totale e assoluta certezza della felicità che mi attendeva. Sapevo che avrei dovuto approfittarne. Avevo tutta la vita davanti e la coscienza inebriante di un infinito ventaglio di possibilità. Non era sempre così, ma in questo genere di circostanze godevo di tutti i vantaggi della giovinezza senza subire gli inconvenienti che spesso accompagnano l'adolescenza, il malessere, la paura di vivere, l'odio verso se stessi, gli assalti dell'acne. Non solo ero consapevole della mia felicità, ma sapevo anche che in futuro avrei dovuto ricordarmene.

Così ho fatto quel che si usa fare in queste situazioni: ho bevuto, ho fumato e ho ballato, a piedi nudi. Non ero all'oscuro di ciò che si sprigionava dai corpi di noi ragazze, mentre ancheggiavamo nella maniera più lasciva possibile. Io e le mie due più care amiche ci divertivamo a ballare insieme con un'ambiguità e una sensualità volutamente ricercate, volteggiando le une intorno alle altre, intrecciando le braccia, strofinando i nostri fondoschiena. Non l'avremmo mai ammesso apertamente, ma lo scopo era chiaramente quello di eccitare i ragazzi. Come già era successo a casa di Fanny, anche quella sera è stato il mio istinto a dirmi che D. ci aveva finalmente degnato della sua presenza. Era appoggiato al muro, con le mani in tasca. Mi stava osservando. Ancora oggi potrei ballare per ore sotto lo sguardo di un uomo che mi desidera. Mi fa andare su di giri. Ho approfittato di un brano che non amavo un granché per fare una pausa e andare a prendere una sigaretta nella borsa. Ero accovacciata alla ricerca del pacchetto, quando D. mi è passato dietro e nel frastuono della musica mi ha gridato: «Mi piacerebbe che parlassimo un po'». Non si è nemmeno fermato per aspettarmi, convinto che gli sarei subito andato dietro. E io mi sono alzata da terra, e l'ho seguito fuori.

Nel mio diario dell'epoca ho scritto che non sapevo se fossi più rassegnata o risoluta. Piccola bugiarda. Non ero né l'una né l'altra cosa. Ero soltanto molto impaziente. Abbiamo salito i pochi scalini di cemento che portavano al prato. Ho calpestato l'erba umida a piedi nudi e mi è piaciuto il contatto con il terreno. In cielo brillava solo qualche stella e la musica ci proveniva attutita da uno spiraglio della porta della cantina. Il prato era abbastanza in pendenza, D. ci si è sdraiato sopra e io sono andata a sedermi al suo fianco, con le ginocchia strette al petto, lasciando che un po' di spazio separasse i nostri corpi. Avrei dato qualsiasi cosa per rannicchiarmi addosso a lui, ma avevo una dignità da difendere. Poi, finalmente, ha aperto bocca.

«Non ci riesco. Vorrei non guardarti più, non trovarti così bella, ma niente da fare. Continuo ad avere sempre la stessa voglia di te.»

Non ho risposto, ma ho abbozzato un sorriso per quella piccola vittoria che andava a compensare le lunghe giornate prive di attenzioni, i palesi rifiuti di ogni contatto, le fughe e i repentini mutamenti d'umore. Ho lasciato che prendesse coraggio, che si avvicinasse ancora un po', che venisse a prendermi.

Rotolando su un fianco, si è posizionato giusto davanti a me, a pancia in giù. Ha appoggiato il mento sulle mani, a loro volta appoggiate sul collo dei miei piedi. Siccome il terreno era scosceso e il vestito mi si era arrampicato fino a metà coscia, per via della posizione piegata e leggermente divaricata delle gambe, alzando gli occhi, D. aveva a sua disposizione un primo piano completo delle mie mutandine. Per niente intimidito dal mio silenzio, dimentico per una volta dei suoi pontificanti discorsi sulla fedeltà, la morale e l'amore eterno, mi ha detto: «D'accordo, adoro i tuoi piedi. E hai delle gambe incredibili. Ma sono altre le cose che mi interessano».

Divertita, mi sono degnata di abbassare lo sguardo verso di lui. Gli ho posato una mano sulla testa, accarezzandogli un orecchio e la pelle dolcissima del collo. Lui mi ha afferrato il polso, accostando le mie dita alla sua bocca per farle scivolare una dopo l'altra tra le sue labbra. Osservavo i suoi gesti. Ho avuto l'impressione che tutta la saliva che lasciava sulle mie falangi andasse a depositarsi nell'incavo tra le mie cosce. All'improvviso si è issato sugli avambracci, accostandosi al mio viso in modo così brusco che mi sono sbilanciata all'indietro e mi sono ritrovata appoggiata sui gomiti a gambe aperte. Attraverso lo spessore dei jeans, percepivo nettamente la sua erezione contro i miei slip. Mi ha baciata in bocca, con un'impazienza che non conoscevo, con un ardore che ha finito per sconvolgermi completamente il ventre. I suoi denti hanno inciampato nei miei, forzandomi ad aprire la bocca per lasciarlo entrare in modo così violento che mi sono chiesta se non stesse per mordermi. La pendenza del terreno era talmente forte che sebbene fossi appoggiata sui gomiti ero praticamente seduta. Sentivo il suo torace contro la punta dei seni e la fibbia della sua cintura sull'ombelico. La sua lingua cercava la mia, e sapevo bene che quel gesto voleva dire "vedi, sono dentro di te". Quando ha allentato la presa sulle mie labbra per comunicarmi con uno sguardo tutta l'urgenza, il rapimento, la frenesia della situazione, io quasi non riuscivo a respirare. Non per quel bacio prolungato, ma per l'emozione che mi soffocava. Un unico fremito mi scuoteva come un basso continuo, la superficie della pelle era percorsa dal pizzicorio di mille formiche. Siamo rimasti per qualche secondo a guardarci negli occhi, con il respiro affannato e i visi a dieci centimetri di distanza.

In quel preciso istante, abbiamo entrambi udito delle voci che sembravano venire verso di noi. D. si è subito rimesso al mio fianco e io mi sono ricomposta il vestito. Ho temuto – o forse sperato, non lo so più – che ci si leggesse ancora in volto l'eccitazione che in quei pochi secondi non aveva avuto il tempo di dissiparsi, che essa continuasse ad aleggiare intorno a noi in maniera percepibile a chiunque. Non ci voleva, quell'interruzione non ci voleva proprio. L'umidità che avvertivo tra le gambe non aveva niente a che fare con la rugiada del giardino.

Quattro ragazzi si sono seduti poco più in là con una bottiglia di vodka e qualche bicchiere. Non sembravano avere l'aria di volerci disturbare. Io però mi sono alzata e ho visto D. rimanere spiazzato. «Te ne vai?» Ho annuito col capo, abbozzando un sorriso di scuse e sono rientrata. Erano quasi le tre del mattino e la metà degli invitati se ne era già andata. Ho dato una mano a Mathieu a riordinare un po' la stanza, poi i pochi che erano rimasti hanno riguadagnato il pianoterra della villetta. Mathieu ha proposto una partita a carte. Molti hanno accettato e si sono seduti attorno al tavolo della sala da pranzo. Tra di loro anche D. A quell'epoca giocare a carte non mi piaceva, e poi mi sentivo stanca, così ho preferito andare a stendermi sul divano. Ho appoggiato la testa sulle ginocchia di Ali e lui, sempre molto carino, ha avvolto il suo golf intorno alle mie spalle. Nel dormiveglia, udivo gli altri alzare la voce e mi ripetevo che D. era davvero un pessimo giocatore.

VIII

Quando sono uscita dalla toilette, Pierre non era più al bar. Ho scrutato nella striata penombra intermittente delle luci stroboscopiche per cercarlo. Si era avvicinato a chi stava ballando, non perché avesse deciso di fare quattro salti, cosa che detestava cordialmente, ma solo per variare angolo di visuale. Avevo il cuore che batteva all'impazzata e ho fatto il giro della sala tentando di passare inosservata. Non smettevo di ripetermi che no, non poteva essere possibile, dovevo essermi sbagliata, era chiaro che la realtà parallela in cui vivevo aveva finito per procurarmi delle allucinazioni. Infatti D. si era dileguato, non lo trovavo da nessuna parte. Ma certo, mi dicevo, non era suo il volto che avevo intravisto, mi ero inventata di sana pianta il contatto del suo braccio sulla mia schiena, la voce che pronunciava distintamente il suo nome. Forse non era mai esistito, forse avevo solo sognato la sua bocca sulla mia pelle, in un'altra vita. Sono piombata in una tristezza infinita, sopraffatta da un sentimento di perdita, di vuoto immenso. Pierre mi ha spronato ad andare a ballare tra le coppie fissando il loro riflesso negli specchi. Amava spiare lo sguardo degli altri uomini che si posava su di me mentre mi muovevo, con l'aria assente o il pensiero altrove. Ho obbedito come un automa.

La musica non era niente di speciale e in ogni caso non era difficile da seguire. Un battito binario, con svolazzi pseudorientali in sottofondo. Cercavo di farmi trasportare, di apparire lasciva e avvenente. La punta dei capelli mi accarezzava con ritmo cadenzato le scapole nude. Una ragazza giovane è venuta ad ancheggiare al mio fianco e da quella prossimità fisica ho intuito la sua scelta deliberata di ballare esattamente nel mio angolo di pista. L'ho guardata di sottecchi un po' da sotto in su tra un movimento indolente del capo e l'altro, e mi sono bastati pochi secondi per accorgermi dei suoi tratti asiatici e dei fini capelli neri tagliati a caschetto. Senza interrompere l'oscillazione del bacino e delle spalle, ho di nuovo percorso con gli occhi il bordo della pista. Nella semioscurità, il mio sguardo ha incontrato il suo. D. era seduto sull'orlo di una poltrona, a tre metri circa di distanza, esattamente di fronte a me, con i gomiti appoggiati sulle ginocchia, le mani giunte, il corpo leggermente proteso in avanti. Mi fissava intensamente, quasi volesse infilzarmi e appendermi al muro come una farfalla presa in trappola. Ho smesso di ballare e sono rimasta ritta in piedi, con le braccia a penzoloni, in mezzo a quei corpi che continuavano ad agitarsi, prigioniera consenziente di quello sguardo sorto direttamente dalla più potente delle mie fantasie. Improvvisamente non ero più sposata, non ero più una donna con un lavoro, non ero più madre, nuora, collega, cliente, paziente. Avevo sedici anni ed ero sul punto di scoprire quel desiderio animale che fa piazza pulita di tutto al suo passaggio, quell'energia bruta che cresce a ondate e che elettrizza ogni muscolo, ogni cellula, dalla pianta dei piedi fino alla radice dei capelli, quel piacere inaudito di abbandonarsi alla volontà dell'altro, offrendosi a lui.

Mentre lasciava la pista la ragazza mi ha appena sfiorato, niente di più che un leggero fruscio, ma è bastato per risvegliarmi dal mio stato di ipnosi e farmi balzare di colpo da quella realtà spazio-temporale separata alla realtà del presente. L'ho vista che si andava a sedere vicino a D. e gli posava una mano proprio sulla coscia mentre gli rivolgeva qualche parola all'orecchio. D. ha distolto lo sguardo da me e dal mio corpo per consacrarsi alla sua accompagnatrice, per avvolgerla con lo sguardo. Ne ho approfittato per raggiungere Pierre, che mi osservava da una certa distanza con aria preoccupata. Ha provato a dirmi qualcosa che non ho sentito. Vedevo le sue labbra che si muovevano per pormi una domanda di cui potevo forse immaginarmi il contenuto, ma non percepivo alcun suono. Ero ancora in una bolla di stordimento. Poi, a un tratto, quella bolla è finalmente scoppiata, la musica si è fatta all'improvviso assordante e alla fine la voce grave di Pierre è tornata a essermi comprensibile. «Vuoi che ce ne andiamo? Sei stanca?» Ho scosso la testa. «No, no, restiamo. Va tutto bene.» Mi ha guardata a lungo. «Claire, forse dovresti smetterla con le canne. O con lo champagne. O magari evitare di mischiarli.» Ho sorriso. «Non sia mai» gli ho risposto in tono categorico, rilanciando: «E se invece ci facessimo un giro?». L'ho preso per mano e mi sono fatta largo tra le persone in piedi attorno a noi. Mi sono detta che stavo indietreggiando di fronte all'ostacolo. O forse stavo indietreggiando per prendere meglio la rincorsa e spiccare il salto. Credo volessi solo prendermi ancora un po' di tempo.

IX

Quella partita a carte non aveva né capo né coda, e dopo un'oretta buona i miei amici ne ebbero abbastanza. Alla proposta di Mathieu di guardare un film seguì una rumorosa migrazione verso il soggiorno. D. mi tamburellò dolcemente su una gamba affinché gli lasciassi un po' di spazio accanto a me. Sul divano c'era anche Ali e in tre stavamo abbastanza stretti da rendere il contatto fisico assolutamente inevitabile. Mathieu fece partire una videocassetta, mi pare *Arma letale*, e spense le luci. Mi rannicchiai, con le ginocchia sotto il mento, usando il maglione di Ali per coprirmi, o piuttosto per nascondermi. All'apparenza stavo fissando lo schermo del televisore con grande concentrazione, ma in realtà non riuscivo a seguire il film per più di pochi secondi. Tutti i miei pensieri erano diretti a D., perfettamente immobile al mio fianco, statuario e impassibile eppure così vicino. Avevo l'impressione che intorno a noi l'atmosfera si stesse facendo sempre più densa, che qualcuno se ne sarebbe inevitabilmente accorto. A un tratto mi sono irrigidita. Senza muovere un muscolo del viso e senza che mi accorgessi del benché minimo spostamento, D. aveva allungato una mano sotto il maglione e l'aveva posata sul mio ginocchio. Tenne il palmo in quella posizione per più di un minuto, più di sessanta secondi sommati l'uno all'altro in uno stillicidio lentissimo. Poi, con una calma olimpica, fece scivolare le dita lungo la parte interna della coscia. Ho allargato leggermente le gambe, cercando di non far cadere il maglione che le copriva allo sguardo degli altri. Ho trattenuto il respiro. "Mio Dio, mio Dio, mio Dio" pensavo quasi nel panico. Le sue dita si sono addentrate sotto le mie mutandine, e si sono fermate sulla peluria di quel triangolino ancora mai contemplato, ancora ignaro di ogni carezza. Poi, cercando di muovere il braccio il meno possibile, ha fatto scivolare la mano verso il basso per coprire interamente il mio sesso, con il palmo chiuso come il guscio di una conchiglia. Le estremità delle dita erano posate proprio sul margine di quella fessura che, malgrado le mie dotte letture, continuavo a ritenere troppo stretta per accogliere qualcosa di diverso da un tampax. Ho cercato di darmi un contegno, di mantenere la respirazione il più regolare possibile. D. ha cominciato ad accarezzarmi con tutta la mano, tenendo il palmo ben aperto e le dita congiunte, procedendo con tocco vellutato, lentamente, senza alcuna frenesia, prendendosi tutto il suo tempo.

Sulle prime era come se volesse addolcire la mia intimità, farci conoscenza, senza mettersi a frugare affannosamente come spesso fanno i ragazzi troppo preoccupati di arrivare al dunque il più rapidamente possibile. Ho avuto la sensazione che il cuore mi pulsasse tra le gambe, che il mio corpo si dilatasse, si spalancasse in maniera indipendente dalla mia volontà. Poi la sua mano ha cessato di essere un unico blocco compatto e avvolgente. Le dita si sono sciolte per esplorare meticolosamente quelle carnose intimità che non si erano mai concesse a nessuno e in cui io stessa mi ero avventurata molto raramente. Ero già tutta bagnata, ed era per me una sensazione piuttosto nuova. Esercitava un movimento lento avanti e indietro con i polpastrelli dell'indice e del medio, dall'alto verso il basso lungo la fessura. L'incavo tra le due dita sfiorava, forse involontariamente, quella terminazione nervosa della cui esistenza fino ad allora non avevo avuto che una vaga percezione.

Sono sobbalzata, una scarica elettrica, che cosa mi stava accadendo non lo sapevo più. Ho nascosto la testa sotto la sua spalla, gli ho morsicato il maglione. Poi ho appoggiato la mia mano sulla sua, tra le mie gambe, volevo fargli capire che avevo bisogno di una pausa, che stavo per urlare, che non riuscivo a dominare quelle emozioni sconosciute. Ero sul punto di godere, ma non potevo saperlo. Non mi era mai capitato prima.

D. ha ritirato delicatamente la mano e si è alzato. Ha fatto il giro del divano e mi ha fatto cenno di seguirlo. Ho ubbidito, lasciando la sala il più discretamente possibile, e l'ho raggiunto in bagno, l'unica stanza del pianoterra che si poteva chiudere a chiave.

X

Pierre e io avevamo oltrepassato la porta imbottita a due battenti che segnava il confine tra la discoteca e le alcove. Da lì si dipartiva un corridoio stretto e poco illuminato, le cui estremità tornavano a congiungersi formando un quadrilatero. Su entrambi i lati si aprivano delle nicchie più o meno profonde, alcune completamente chiuse da pareti opache, altre da porte a vetri. Lì potevano appartarsi e intrattenersi le coppie moderatamente scambiste, appena melangiste, o semplicemente esibizioniste. Gli amanti di una vera e propria sessualità di gruppo optavano invece per altre due stanze adiacenti tra loro, una praticamente immersa nel buio, dove le coppie si ammassavano, restando in piedi e facendo conoscenza servendosi solo della punta delle dita, l'altra un po' più luminosa, dove potevano distendersi su un immenso letto il cui materasso in finta pelle fluttuava a mezz'aria. Doveva già essere l'una passata, ma l'attività non era ancora frenetica. Solo qualche coppia si era già spogliata, sparpagliandosi qua e là in modo disordinato, piuttosto a gruppi di due che di quattro. Si abbandonavano con la lingua e le mani a giochi più o meno spinti. Un uomo stava penetrando una donna da dietro e lei urlava in una maniera che mi è parsa persino un po' forzata. La maggior parte delle persone presenti si accontentava di stare a guardare, azzardandosi talvolta ad accarezzare quelli che si stavano dando da fare. Alcune sere accadeva che i partecipanti, più che veri e propri attori, fossero semplici spettatori.

Pierre mi ha trascinato nella stanza più appartata, quella in cui si restava in piedi, un ambiente che tendeva a scatenare in me degli attacchi di claustrofobia. Avevo l'impressione di non essere realmente là, ero come assente, come se una parte di me si fosse persa lungo il cammino. Mi sentivo divisa, fuori luogo e sottotono. L'atmosfera era attutita. Percepivo le sagome, l'andirivieni silenzioso delle coppie, lo sfiorarsi dei corpi. Avvertivo i sospiri e lo sfregamento dei tessuti, respiravo l'impasto di fragranze che mescolava dopobarba, deodorante, crema per il corpo e un odore vagamente mentolato che doveva provenire da un diffusore d'essenze. Lo stavo aspettando.

XI

Ho chiuso a chiave la porta alle mie spalle e siamo piombati in un'oscurità pressoché totale. Procedevo a tentoni e sono andata a sbattere contro di lui. Ho un ricordo molto nitido dei nostri corpi che si attraevano come calamite. Mi ha stretta forte, baciandomi la fronte, il collo, le spalle. Ho fatto scivolare la parte alta del mio vestito fino alle anche perché volevo che mi sfiorasse il seno come aveva fatto qualche settimana prima a casa di Fanny. Mi ha posato i polpastrelli sui capezzoli, li ha accarezzati prima con l'indice, poi con il pollice e infine si è inginocchiato davanti a me e, facendo scorrere le mani sul mio corpo, ha cominciato a sfiorarli con la lingua e a succhiarli. Sentivo il suo respiro ansimante. Ricordo perfettamente che ero sull'orlo delle lacrime, al culmine del piacere, e al contempo anche preda della paura che tutto ciò potesse finire da un momento all'altro. Desideravo che la mia vita intera assomigliasse solo a quell'istante. «Continua» ho sussurrato. «Sei bella» mi ha detto lui per tutta risposta con una voce che ho fatto fatica a riconoscere. Sempre restando in ginocchio, ha posato le sue labbra sulle mie anche, poi nella piega dell'inguine, un incavo così sensibile che appena vi si è appoggiata la punta della sua lingua sono stata trafitta da un brivido. Quando ha cominciato a leccare il mio ventre ogni fibra del mio corpo stava fremendo.

Ho lasciato che il vestito mi ricadesse sulle caviglie, mentre lui si occupava di far scivolare a terra i miei slip. Ha continuato a baciarmi tra l'ombelico, le anche e le cosce. Avevo l'impressione che la sua lingua fosse dappertutto, che mi occupasse ogni centimetro di pelle, mentre le sue mani mi carezzavano i glutei. Poi, con le dita, ha scostato delicatamente i rigonfiamenti del mio sesso e ha fatto scorrere la lingua dentro il delta dove si nasconde il clitoride. L'ha leccato e ho subito sentito il mio stesso gemito. La sua lingua descriveva dei cerchi per poi insistere sempre sullo stesso punto, là dove si era trasferito il mio centro di gravità. Le gambe erano sul punto di non reggermi più. Mi sono chiesta se tutta quell'umidità nel solco tra le mie cosce fosse una cosa normale, ho avuto paura che potesse esserne disgustato. Gli ho preso il volto tra le mani, invitandolo a rialzarsi. Ha appoggiato la fronte contro la mia, e potevo sentire il suo fiato sulle mie labbra. Abbiamo fatto qualche passo indietro fino a urtare una parete. Mi ha afferrato i polsi, sollevandomi le braccia al di sopra della testa per fissarle contro le piastrelle. Ero lì di fronte a lui, ammutolita, a sua disposizione, con il corpo proteso e le mani bloccate in alto. Si è incollato a me, premendo il suo bacino contro il mio e mormorandomi all'orecchio che voleva farmi godere. Sentirlo pronunciare quel termine così particolare mi ha stordito. E mi colpiva anche sentirlo parlare esclusivamente del mio piacere, senza pretendere nulla da me. Non mi ha chiesto di essere più intraprendente, meno passiva, di restituire a lui ciò che faceva a me. Credo che gli piacesse svolgere il ruolo del pigmalione, essere il mio iniziatore ai piaceri dell'amore.

Gli ho chiesto di levarsi la maglietta e appena se l'è sfilata mi sono stretta contro di lui. Mi ha emozionato sentire la sua pelle che aderiva alla mia. Il suo corpo mi sembrava caldo, sodo, tonico. Ho posato le mie labbra sul suo collo e gli ho passato le mani sotto le braccia per piazzargliele sulla schiena. Lungo il percorso, ho incrociato i peli delle sue ascelle e quel contatto ha rappresentato per me il culmine dell'intimità fisica alla quale potevamo ambire. Continuando ad accarezzarmi, D. mi ha fatto scivolare un dito tra le cosce, e ho capito che voleva spingersi più in profondità rispetto a dove aveva osato fino a quel momento. Mi sono irrigidita, ho avuto il timore di sentire male, di iniziare a sanguinare, ho pensato che la stanza da bagno di un compagno di classe non fosse il luogo più adatto per perdere la verginità, perché, inevitabilmente, era esattamente questo che alla fine sarebbe accaduto. Eppure, volevo andare fino in fondo. Volevo che mi mostrasse il suo sesso, volevo accarezzarlo, volevo che fosse lui ad aprire la strada. Glielo avevo chiesto qualche settimana prima. «Vorrei che tu fossi il primo.» Ne era rimasto lusingato. Non ho avuto il tempo di ridirglielo, di ribadire quel desiderio che mi bruciava. Anche in quell'occasione siamo stati interrotti dai compagni. Mi sono dovuta rivestire in tutta fretta perché le pretese di chi aveva bisogno del bagno, occupato da troppo tempo, si stavano moltiplicando. Prima di riaprire la porta e inventare qualche scusa per giustificare il nostro isolamento, D. mi ha guardata con aria piuttosto seria. Credo mi abbia detto: «Non dimenticarmi. In fondo, l'abbiamo quasi fatto».

Lì per lì non ho capito perché mi avesse parlato in quel modo, usando un'espressione un po' infantile, quasi a sottintendere che in futuro non si sarebbe mai più presentata l'opportunità di fare l'amore. Immagino che sapesse che la nostra storia non poteva funzionare in una clandestinità e un divieto un po' artificiosi. Non aveva mai nemmeno cercato di vedermi da sola, al di fuori della scuola e delle serate tra amici. La fine dell'anno scolastico si avvicinava e, dopo l'esame di letteratura,[1] con le vacanze alle porte, non avremmo davvero più avuto nessuna possibilità di vederci.

All'orale, l'esaminatore si è subito reso conto che conoscevo i testi a memoria e ha optato quindi per una chiacchierata libera su argomenti vari. Dobbiamo aver parlato di amore, mi sembra, di galanteria, di fedeltà. E del piacere, anche di quello sessuale. Ho preso 19 su 20. L'anno seguente, l'ultimo di liceo, non ero più nella stessa classe di D. Avevo trascorso un'estate molto piacevole, con qualche bel filarino, ma senza che nessuno di quei ragazzi provocasse in me un batticuore degno del sacri-

[1] In Francia questo esame anticipa di un anno la maturità. *(NdT)*

ficio del mio imene. Ero molto delusa e un po' umiliata nel constatare che con D. era stato sufficiente non avere più lo stesso orario di lezione per smettere quasi di rivolgerci la parola. Non mi ricordo molto bene quel periodo. So che per togliermelo dalla testa ho ceduto alle insistenti sollecitazioni di Eric, un compagno di classe del quale mi ero innamorata e che mi ha deflorata con molto tatto e una buona dose di pazienza, per poi farmi soffrire andando a letto con la mia migliore amica qualche settimana più tardi. Ho impiegato molto tempo a comprendere perché ricordassi con una tale precisione ogni momento di intimità con D., mentre la mia memoria sembrava molto più evanescente riguardo a Eric, con il quale dopotutto avevo avuto una relazione più completa, almeno da un punto di vista tecnico.

Quando rileggo le pagine dedicate alla mia storia con Eric ho qualche lampo, mi torna in mente qualche immagine sfuocata, ma riesco a recuperare pochissime sensazioni. Con D. invece prende corpo ogni ricordo. Sento ancora distintamente la sua voce che mi dice quanto lo eccito. Ho il suo sguardo ironico e indagatore impresso sulla retina, posso arrivare a perdere il controllo a furia di pensare alle sue mani sulla mia pelle. Sono ancora condizionata da quel piacere bruciante che mi ha lasciato intravedere, sicuramente a sua insaputa e molto al di là di quello che avrebbe voluto darmi. Provo una grande curiosità verso il sesso, mi piace che sia gioioso, privo di complessi, fantasioso e tra adulti consenzienti. Sono andata a letto con contabili, panettieri, medici, segretarie, attrici, ed è stato a volte incredibile, spesso piacevole, raramente disgustoso, ma di tutto questo libertinaggio non ho trattenuto quasi niente. O perlomeno niente di così intenso e sconvolgente come quei pochi minuti su un divano di periferia, davanti a un film, in mezzo ai miei compagni di classe, con la mano di uno di loro che frugava nelle mie mutandine.

Forse perché ho meticolosamente consegnato alle pagine dei miei quaderni di liceale ogni minimo dettaglio dei miei primi giochi erotici con D., o forse perché ho riletto tutto, a intervalli sempre più regolari, sta di fatto che negli anni ho sviluppato un senso di incompiutezza che mi induce a fare sempre lo stesso sogno: lui mi vuole penetrare, è sul punto di farlo, ma mi risveglio sempre un attimo prima che accada. Nel periodo dell'università questo sentimento era ancora tollerabile e non incideva realmente sulla mia vita. Quando ho iniziato a lavorare ho addirittura creduto di averlo dimenticato. Per qualche anno sono riuscita a pensare a lui con moderazione e parsimonia.

Poi è ricomparso. Ho ripreso a vederlo dappertutto. Entravo in metropolitana e il mio sguardo incontrava il suo, attraversavo la strada e per poco non mi investiva, mi sedevo al tavolino di un bar ed era lui che veniva a prendere l'ordinazione. Quanto all'Overside, al No Comment o al Chandelles, non ho mai potuto varcare la soglia di quei locali senza sperare di incrociarlo. Una speranza a volte anche fuggevole, ma puntuale a ogni occasione. È anche un po' per questo che li ho sempre frequentati, per ritrovarlo, per riconoscere le sue mani in mezzo alle altre. Ero perfettamente cosciente dell'aspetto irrazionale, aleatorio e quasi superstizioso del mio comportamento. Da un punto di vista strettamente statistico, l'ipotesi che entrambi fossimo simultaneamente presenti nel medesimo luogo era ben poco realistica. Incontrarlo in un locale a luci rosse, poi, non poteva che essere un'eventualità ancora più improbabile. Un'ipotesi che ai miei occhi diventava remotissima quando provavo a immaginare cosa poteva essere diventato D. Quel ragazzo sveglio e intelligente era cresciuto in una famiglia disunita che non aveva mai scommesso troppo sulla sua riuscita scolastica. Era difficile che dopo il liceo si fosse iscritto a qualche università. Continuavo a vederlo con gli occhi dei miei sedici anni, non riuscivo proprio a figurarmelo in mezzo all'atmosfera convenzionale, compassata e falsamente lussuosa di un club privato. Il suo stile di vita, le sue radici sociali, la sua cerchia di conoscenze erano tutte caratteristiche che avrebbero dovuto tenerlo alla larga da queste pratiche e da questi luoghi. Avevo dimenticato che era in corso quella vera e propria democratizzazione del libertinaggio di cui riferivano i tormentoni sui giornali estivi. Mi sbagliavo, quindi, ma non potendo prevedere il futuro ho vissuto per tutto quel tempo cullata da una folle speranza che un semplice calcolo delle probabilità condannava senza appello.

Quando, circa un anno fa, il meccanismo dell'ossessione ha di nuovo preso a ingranare per guadagnare molto presto un'intensità mai raggiunta prima – come se in qualche maniera presentissi che si avvicinava il momento dell'epilogo – ho ripreso a scrivere i miei quaderni dal punto in cui li avevo lasciati. Sedici anni di interruzione in tre righe di spazio bianco, un matrimonio, due figli, il passaggio all'euro, l'invenzione dei cellulari, l'avvento di internet, la pillola del giorno dopo, l'11 settembre e il mio desiderio, ancora intatto, di fare l'amore con D.

XII

Oggi ho compiuto diciassette anni. Non mi hai neanche fatto gli auguri di compleanno, ma me lo aspettavo, immagino che tu non sappia nemmeno la mia data di nascita. Io invece conosco la tua, ovviamente. Ho fatto il calcolo: sono passati ventitré giorni dall'ultima volta che mi hai toccata.

Ho rifatto il conto. Ora sono trascorsi cinquemilaseicentottantatré giorni. Non sono più abituata a scrivere a mano su fogli a quadretti.

Ricordo che quell'anno ti sognavo quasi tutte le notti. Mi capita ancora. Tu mi metti una mano sul ventre ed è come se non fossi mai stata incinta. Mi risveglio con un sentimento misto di sollievo e di mancanza, intontita come dopo una serata in cui si è alzato troppo il gomito. Le notti in cui torni a trovarmi, tutte le mie ferite riprendono a sanguinare.

Ogni tanto controllo su internet che il tuo nome compaia sempre sulle Pagine bianche. Seguo le tue tracce e qualche mese fa ho scoperto che abiti a trecento metri dalla tata dei miei bambini. No, non mi sono segnata il tuo numero di telefono. Voglio solo essere sicura che tu sia rintracciabile, a portata di mano, non si sa mai.

Ieri sono tornata sul sito delle Pagine bianche, così, solo per una controllatina, e non sono riuscita a rintracciarti da nessuna parte. Sono stata presa dal panico. Mi rassicurava sapere che avevi casa vicino a me. Così invece, scomparso dalla rete, eri fuori dal mio controllo, potevi essere rimasto senza un tetto, partito per l'estero, in prigione, morto. Ho dovuto abbandonare il lavoro che avevo in corso per correre all'ufficio postale più vicino. Volevo consultare un buon vecchio elenco telefonico cartaceo. La signora allo sportello mi ha guardato con una punta di incredulità, mi ha ricordato che le Poste non si occupano di telefonia dal 1991 e che sono anni che nei loro uffici non si trovano più gli elenchi. Poi mi ha cortesemente spiegato come, grazie alla magia di internet, sia diventato facilissimo reperire informazioni sugli abbonati. Quando ha capito che il mio problema non era dovuto a un'abissale ignoranza delle tecnologie moderne, ha riflettuto qualche secondo, oramai conquistata alla causa della mia ricerca. «Dovrebbe recarsi in un'agenzia France Telecom, dove vendono gli elenchi. Se spiegherà il suo problema, vedrà che senz'altro le lasceranno consultare una copia gratuitamente.» L'ho ringraziata e sono uscita. Ero contrariata, è il minimo che si possa dire. Non avrei mai pensato che nella Francia del 2007 procurarsi un elenco telefonico fosse una tale impresa. Di ritorno in redazione ho chiamato la tata dei miei figli, che era di riposo a casa sua. Poiché abita nel tuo stesso comune mi sono detta che con un po' di fortuna ne avrei trovato una copia da lei. Deve aver intuito la mia delusione al telefono quando mi ha riferito di non possedere alcun esemplare di quelle maledette Pagine bianche. Si è gentilmente offerta di andare dalla sua vicina di casa a cercarne uno e io, senza alcun timore di cadere nel ridicolo, ho accettato immediatamente. Mi ha richiamata un quarto d'ora dopo. L'elenco della sua vicina era del 2005 e il tuo nome non figurava tra gli abbonati. Non compari nemmeno nell'edizione del 2007. Mi serve l'annata 2006.

La mia fedele collaboratrice, l'angelo custode dei miei bambini, stamattina è venuta da me con aria piuttosto fiera e mi ha allungato un post it. Con la sua calligrafia diligente vi aveva trascritto il tuo nome, cognome, indirizzo e numero telefonico. Brava la mia tata, era riuscita a rintracciare un elenco dell'anno giusto. Mi sono quasi messa a piangere per il senso di sollievo. Non che questo mi garantisca che non ti sia accaduto niente di male o che mi spieghi perché tu sia stato cancellato dal web. Ma almeno così so con sicurezza che fino a poco tempo fa hai abitato a qualche fermata di RER da casa mia. Sei esistito, dunque, innegabilmente, anche al di fuori dei miei deliri ossessivi. Ho infilato il foglietto nel portafoglio.

Quel tuo nome che non sono mai riuscita a scrivere, che non riesco a scrivere neppure adesso dopo tutto questo tempo. Mi piacerebbe sapere perché tua madre ti ha chiamato così. Dubito che sia un omaggio al divino marchese, anche se ovviamente l'idea non mi dispiace.

Non riesco a disfarmi di quest'angoscia. Continuo a non capire perché improvvisamente sei sparito dall'elenco che c'è in rete. Dopo aver sognato di te per così tanto tempo non voglio neanche prendere in considerazione l'idea che tu sia morto. Non è possibile che tu marcisca sottoterra mentre io sogno di fare l'amore con te. Sarebbe osceno. E poi, come potrei continuare ad amare la vita, a coglierne il meglio, se non potessi più condurre questa esistenza parallela piena di te, se non potessi più sperare di incontrarti ovunque io vada?

Quando mi trovo di fronte a qualche adolescente goffo, stortignaccolo, un po' sciocco e scansafatiche, oppure troppo introverso, chiuso in se stesso come un riccio, mi chiedo se all'epoca eri così anche tu. Ma no, non credo, in ogni caso non ci riesco. Talvolta ne incrocio qualcuno che ha quel non so che negli occhi, quella noncuranza e quella sicurezza che mi ricordano come un'innata malizia possa trasparire già a sedici anni. Che genere di uomo sarà mio figlio? Che cosa dovrò dirgli tra cinque, dieci o quindici anni, per fare in modo che la ragazza che toccherà si ricordi di lui per tutta la vita? Niente, immagino. Non sono affari miei.

Sono io quella ragazza, sono io che non dimenticherò mai. Sono gelosissima dei ricordi che mi hai lasciato, li estraggo regolarmente dal cofanetto in cui li custodisco con cura, li spolvero, li lucido. Riapro senza sosta ogni cicatrice con masochistico piacere, rimugino con insistenza, me ne rendo perfettamente conto, e un po' me ne vergogno anche, ogni volta che mi scopro a sorridere tutta sola. Idealizzare, abbellire, riscrivere, non faccio che questo, e il prescelto di queste cure sei stato tu.

Eppure è strano avere il tuo numero di telefono, conoscerlo a memoria, e non usarlo mai. Non bisogna solamente scrivere per vivere, mi sono detta che per scrivere bisogna anche vivere un po', o almeno provarci. E allora ho chiesto a un'amica di telefonare al posto mio. Solo per verificare chi avrebbe risposto, magari una voce femminile, magari nessuno. Lei si è prestata volentieri, divertita dal giochino. Mi sento ridicola come non mai, in preda a un'ostinazione infantile, prigioniera di un'idea assillante che mi priva di tutto il mio buon senso. Un capriccio, un'infatuazione, un chiodo fisso. Ebbene sì, me lo sono ripetuta mille volte. E poi c'è questo irrefrenabile bisogno di sapere, di attraversare ancora il tuo campo visivo per non uscirne mai più, di vedere la tua nuca e le tue mani, anche solo da lontano.

La mia fedele complice ha portato a termine la sua missione. Mi ha telefonato subito dopo per annunciarmi, senza grande sorpresa, che il numero non era più attivo. Nessuna traccia di te sui siti dove si organizzano rimpatriate tra ex compagni di classe o sui social network per lo più affollati da trentenni. Nemmeno su Google compari mai. È una settimana che provo a farmene una ragione. Sei scomparso, punto. Continuerò a vivere assillata dai dubbi e gli interrogativi, a cucirti addosso un destino da eroe romantico, a sognarti angelo decaduto. Conserverai ancora per qualche tempo la tua aura da fantasma numero uno.

Ma non ci riesco. Non riesco a lasciar perdere. Oramai lo spazio che occupi dentro di me è troppo grande. Dovrò andare fino in fondo a questa storia. È una questione di coerenza. Non posso darmi per vinta solo perché i miei primi tentativi rudimentali di ricerca sono falliti. Il numero è inesistente, d'accordo, e io ti immagino ora morto, ora espatriato, ora arruolato nella Legione straniera, ma magari hai semplicemente cambiato operatore telefonico, magari vivi ancora allo stesso indirizzo. Tre stazioni di RER non sono mica un dramma. Per me si tratta solo di sapere con assoluta sicurezza che non ho alcun mezzo per contattarti. E così finalmente potrò voltare pagina e guardare avanti, come si usa dire. A ogni modo, anche se venissi a sapere che abiti sempre nella stessa strada non certo verrei a suonarti al campanello, figurati. È assurdo. E per dirti cosa, poi? Buongiorno, scusi sa, ma mi piacerebbe che portasse a termine una certa questione che ha lasciato in sospeso diciassette anni fa?

Magari potrei leggerti i miei diari. L'idea mi ha accarezzato, ma non sono sicura che apprezzeresti.

Ecco, sto scendendo dalla RER. Cerco il tuo indirizzo sulla piantina collocata fuori dalla stazione. La strada non è segnata, probabilmente perché si trova a una certa distanza, troppo lontana per farla a piedi con questi tacchi. Faccio il giro degli autobus e ne trovo uno che passa per il tuo quartiere. Non posso negarlo, in questo momento l'avventura mi sta esaltando. Anche se so già che alla fine sprecherò una quantità immane di energie in un'impresa dai risultati più che incerti, mi sto davvero divertendo. Localizzo il caseggiato, quello in cui hai abitato almeno per qualche mese. Eccomi pronta a lanciarmi in un'indagine tra il vicinato, come ai bei vecchi tempi, quando lavorare alle pagine della cronaca era una palestra di vita. C'è un codice all'ingresso che consente di aprire un portone vetrato, e subito nell'androne c'è il citofono sul muro. I nomi sono scritti in grande e mi pare quasi che siano visibili dalla strada. Aguzzo la vista. Ci sei, leggo il tuo nome. Sei vivo. Abiti qui. Per qualche secondo resto inebetita davanti alla porta chiusa. Un leggero sussulto alla vista del tuo nome mi ha annullato ogni sentimento di vittoria. Altro che trionfo, mi sento perduta. Ero preparata, sì, ma all'ennesima delusione, non a queste quattro lettere stampate su una sottile striscia di carta. E ora dentro di me regna il caos. Ho bisogno di riflettere.

Mi precipito nel bar che si trova proprio accanto all'ingresso del tuo condominio. Il fumo di sigaretta fluttua a mezz'aria, il pavimento è sporco e cosparso di schedine spiegazzate del Totip, senza contare il vago olezzo di fognature. Ci sono soltanto uomini che scommettono sui cavalli, per la maggior parte nordafricani di mezz'età incollati allo schermo della televisione in attesa dei risultati dell'ultima corsa. Vedo le occhiate che mi lanciano di traverso, ma mi siedo incurante vicino alla finestra, come se la presenza di una giovane biondina che viene dalla città potesse passare assolutamente inosservata in quel tempio maschile. È una situazione che conosco bene, mi ci sono ritrovata spesso durante i miei servizi per il giornale, quando dovevo consegnare un pezzo in un'ora e mi ritrovavo a scriverlo d'urgenza sull'angolo di un tavolino. Trasformare nel proprio ufficio un bar fumoso, pieno di uomini, nel sobborgo in cui si era appena compiuto un crimine sordido, estrarre il blocchetto e scrivere, contando le righe e i minuti. Faccio parte dell'ultima generazione di giornalisti che ha conosciuto questo genere di esperienze. Un mondo senza computer portatili e un giornale da mandare in stampa in nottata. Lo adoravo.

Dalla mia visuale ho un controllo perfetto della tua porta d'ingresso e dell'incrocio. Ordino una Perrier con una fettina di limone. Di fettine di limone non ce ne sono più. Vada per la Perrier liscia. Per darmi un contegno, sfodero il taccuino e mi metto a scrivere. Mi domando che cosa farei se davvero ti vedessi sbucare al di là del vetro. Provo a immaginarmi quali sarebbero le tue prime parole se ti piazzassi di fronte a me. Dai, su, un piccolo sforzo. Vieni a distogliermi da questi sterili esercizi di calligrafia per darmi la risposta in diretta. Vieni a interrompere le mie fantasticherie. In modo da farmi sentire meno idiota, meno sola, meno folle.

Finirò per arrivare in ritardo all'appuntamento che mi sono data con la tata per darle il cambio con i bambini. Devo andare. Mi resta la speranza di incrociarti nel tragitto verso la fermata dell'autobus. Una scena già vista. Scuoto la testa e sorrido tra me e me. Era esattamente quello che mi dicevo mentre andavo a scuola, con la borsa a tracolla. Incontrarlo, aspettando l'autobus.

Sono tornata una seconda volta. Mi sono inventata un appuntamento dal medico per giustificare il fatto che sarei rientrata a casa un po' più tardi del solito. Ho ripreso la RER, ho ripreso l'autobus, mi sono seduta nello stesso bar, allo stesso tavolino, e ho bevuto la mia Perrier senza limone. Questa volta non ho neppure fatto finta di leggere o scribacchiare. Stavolta la televisione era spenta e gli uomini stavano giocando a carte. Ancora una volta, le uniche donne presenti eravamo io e la cameriera.

Durante quest'attesa, che non era nemmeno un'attesa ma piuttosto una parentesi, una via di fuga, un ricordo è riaffiorato di colpo in superficie. Eri sdraiato sopra di me nella penombra, a torso nudo, e un piccolo crocifisso dorato penzolava dalla tua catenina. Sono stata battezzata, però non sono credente. A sei anni ho avuto una crisi mistica, a quattordici mi proclamavo deista, a sedici anticlericale, e a venti senza opinione e tendenzialmente indifferente. Ero rimasta stupita nello scoprire sulla tua pelle quel simbolo religioso. Abitualmente lo portavi nascosto sotto la maglietta, e mi era piaciuta l'idea di aver avuto accesso a qualcosa di così intimo. La rivedo chiaramente, adesso, quella croce. Nella mia mente si associa anche a un fastidioso senso di disagio. Se la memoria non mi inganna è stata quella l'ultima volta in cui ci siamo trovati da soli nella stessa stanza. Il bagno di Florence. Eri disteso su di me, ti apprestavi a penetrarmi e io ho avuto paura. Del dolore, del sangue, di veder svanire ciò che ci teneva legati. Non ricordo più cosa ti ho detto per defilarmi, non so più cosa mi hai risposto. So solo che quel rimpianto non mi ha mai abbandonato.

XIII

Ho voltato la testa verso l'entrata della stanza e l'ho visto farsi largo tra le spalle dei presenti, tallonato dalla moretta dai tratti asiatici. Si è fermato giusto dietro di me. Era più basso di Pierre e mi superava appena di una spanna. Gli occhi mi si sono riempiti di lacrime e ho dovuto compiere uno sforzo sovrumano per trattenerle, per evitare che mi scendessero lungo le guance come una slavina. L'ho guardato con la coda dell'occhio e ho avuto l'impressione che non fosse cambiato. Era sempre lui, ed era a meno di un metro da me. Ho fatto il gesto di aprir bocca, senza avere alcuna idea di quello che gli avrei potuto dire. Ti ho cercato, sai, so anche dove abiti, ormai sono ferratissima su Tris e Totip. Mi ha posato due dita sulle labbra per impedirmi di parlare e io ho chiuso gli occhi. Poi mi ha messo una mano sul fianco e la ragazza accanto a lui mi ha accarezzato la schiena. Pierre se ne è accorto, ha cercato il mio sguardo e io ho scosso discretamente il capo per dirgli che andava tutto bene. Sapevo che non avrebbe avuto niente in contrario: D. non aveva certo l'aria lasciva del vecchio libidinoso, e inoltre credo che le asiatiche si piazzassero ai primi posti nella classifica delle sue fantasie erotiche. Dal canto mio non smettevo di ripetermi che di lì a poco mi sarei bruscamente svegliata, che tutto quello che stava accadendo era un mio delirio personale, la mia febbre di sempre che prendeva corpo per scomparire al più presto.

Pierre si è messo ad accarezzare a sua volta la moretta che non sembrava un tipo scontroso (capita di incontrarne, persino in questi ambienti). Lei allora ha smesso di interessarsi a me, cosa che rappresentava l'ultima delle mie preoccupazioni. Fungere da antipasto non mi offendeva, ero anzi entusiasta dell'idea che mio marito e quella graziosa moneta di scambio potessero intendersela. Se soltanto tutte le persone che ci circondavano fossero sparite all'istante, allora avrei davvero esaudito ogni mio desiderio. D. è rimasto dietro di me e la mano che mi aveva posato sul fianco si è spostata sul mio ventre. Mi cingeva la vita con un braccio. Ho appoggiato la mia mano sulla sua, lui mi ha scostato i capelli, mi ha baciata sul collo. Avevo le antenne drizzate a captare ogni minima sensazione del mio corpo, i brividi impercettibili che mi correvano sulla pelle, l'energia che si sprigionava dai suoi palmi e si irradiava sul mio bacino. Era come essere tornata a casa dopo un lungo esilio, ritrovare la terra che mi aveva visto nascere prima di lasciarmi partire. Ha nascosto il viso tra i miei riccioli e ha sfregato il profilo del naso contro la mia nuca. Ho premuto i miei reni contro le sue anche. Mi sono voltata, sfiorandogli la camicia con i seni, e ho alzato gli occhi verso di lui. Volevo almeno fingere di resistergli.

«Non posso,» ho protestato sussurrando «non qui.»

Ha sorriso, con quell'espressione benevola e un po' beffarda contro la quale non avevo mai saputo lottare. Poi mi si è avvicinato all'orecchio per rispondermi: «Mi hai detto la stessa cosa tanto tempo fa. Non funziona più, non sei più una bambina. E mi sa tanto che non sei più nemmeno vergine». Ho sorriso a mia volta. «Baciami.» In questo luogo in cui si fa l'amore quasi per automatismo, in cui la penetrazione è pressoché obbligatoria, ma in cui ci si bacia così di rado, ha incollato la sua bocca alla mia, a lungo, in profondità. È stato un bacio cinematografico. Mi sono abbandonata interamente tra le sue braccia, le sue labbra, allentando la presa. Passando le dita tra i suoi capelli, li ho riscoperti sottilissimi come un tempo. Il suo sesso si è indurito contro di me, il che mi ha riempito di gioia. E ho fatto quello che non avevo osato fare diciassette anni prima: ho appoggiato la mano sui suoi pantaloni, per verificare l'intensità della sua eccitazione, quella che lui stesso mi aveva descritto all'epoca. Ha soffocato un gemito. Ho sorriso ancora, stringendo il suo membro rigonfio nell'incavo della mano. Pierre mi toccato la spalla, e ci ha proposto di trovare un angolino più comodo e appartato. Avevo paura che si accorgesse della mia agitazione. D. ha accarezzato la sua amica su una guancia, chiedendole se era d'accordo, e lei ha annuito con un sorriso d'assenso che sembrava sincero. Ci siamo mossi in fila indiana. Pierre ci faceva strada, seguito dalla sua nuova accompagnatrice, e io le stavo dietro. D., che procedeva alle mie spalle, mi ha afferrato il polso obbligandomi a fermarmi. Ho voltato la testa verso di lui. Mi ha preso il collo con una mano e ha consegnato alle mie labbra un bacio furtivo prima di dichiarare, tuffando il suo sguardo nei miei occhi: «Sei sempre bellissima».

Una delle nicchie riservate era libera e ci siamo infilati dentro tutti e quattro. La stanza non superava i sei metri quadrati e il divanetto in pelle ne occupava più della metà. Prima di riprendere da dove avevamo interrotto, in tono quasi scherzoso Pierre ci ha presentato entrambi, e così ha fatto la ragazza. Con un leggerissimo accento orientale, ha detto di chiamarsi Leelee, e ha indicato D., affibbiandogli un diminutivo che offuscava tutta l'originalità desueta e letteraria del suo nome.

Leelee si è sfilata il vestito, scoprendo un seno asciutto, incantevole. Il mio, senza essere prosperoso, era più pesante e più denso. Pierre era estasiato. Si è voltato verso Leelee e non si è più occupato di noi. D. e io siamo rimasti a guardarci per un lungo istante, senza osare toccarci, improvvisamente paralizzati. Col tempo, i lineamenti gli si erano induriti e aveva il volto un po' scavato, ma per il resto non vedevo molta differenza dall'immagine che avevo di lui, come se nella mia testa fosse invecchiato di pari passo con la vita reale. Mi sono seduta sul bordo del divanetto, con la schiena ben dritta in modo da far sembrare il mio ventre il più piatto possibile. Si è venuto a infilare tra le mie gambe, tenendo le mani appoggiate sulle mie cosce. Gli ho sbottonato la camicia, con gli occhi dentro ai suoi. Dalla bocca mi è uscito un sottilissimo filo di voce: «Sei qui, sei qui». Ero sul punto di confessare tutto, di vuotare il sacco, l'ossessione, l'elenco telefonico, la RER, il suo nome sul citofono. Mi sono trattenuta. «Sei qui» ho ripetuto. Gli ho passato le mani sul petto, non più villoso come tanti anni prima. Più muscoloso, mi è parso. Sfiorandolo con le dita, mi sono accorta della sua pelle d'oca, e dubito che fosse dovuta a un brivido di freddo. Volevo che mi baciasse ancora, che non smettesse più di farlo, per aggiungere ancora qualche gradino alla scalinata verso quell'estasi ambita da così tanto tempo. Volevo anche sentire di nuovo fino a che punto poteva eccitarsi per me.

Mantenendo lo sguardo fisso sul suo, gli ho slacciato la cintura, gli ho sbottonato i pantaloni, ho fatto scivolare una mano alla ricerca di quel sesso che avevo così a lungo sognato. Non poteva essere più duro, ma era anche morbido, certo, perché esistono poche cose al mondo più vellutate del fallo eretto di un uomo. Ho ritirato la mano per inumidirla leggermente di saliva, poi l'ho rimessa al caldo, attorno a quel membro che mi ossessionava. D. ha tirato l'elastico del mio perizoma per farlo scendere lungo le gambe. Spostando il peso sulla mano libera ho sollevato le natiche per facilitargli l'operazione, poi sono tornata a sedermi a gambe aperte. Ho avvertito la freschezza della pelle del divano contro il mio sesso. D. mi ha passato una mano tra le gambe per verificare fino a che punto fossi pronta. Perché i suoi movimenti fossero più liberi, mi sono alzata in piedi. Il mio sesso era gonfio, incredibilmente sensibile, completamente aperto. D. ha introdotto un dito, poi due, poi tre. Ogni volta che le sue dita sfioravano le pareti del mio sesso, avevo l'impressione di essere sul punto di godere. Da tanto tempo non mi accadeva di essere così bagnata. Ho appoggiato la fronte alla sua spalla, mormorando l'ho supplicato di prendermi. Poco mi importava dei preliminari, in quel momento avevo una sola idea fissa, porre fine a quella storia, chiudere quel capitolo della mia vita una volta per tutte, sentirlo dentro di me, farla finita con i fantasmi. Avevo troppa paura che fossimo improvvisamente interrotti un'altra volta, obbligati a rivestirci in tutta fretta, costretti a inventare una scusa, a separarci di nuovo per immergerci nelle nebbie oscure della frustrazione.

Si è frugato in tasca, ha strappato la confezione di un preservativo e l'ha srotolato sul suo membro. Non gli ho neppure dato il tempo di spogliarsi, nemmeno io mi ero tolta il vestito che ancora mi copriva il seno. Mi sono distesa appoggiando il sedere al bordo del divanetto, lui si è posizionato davanti a me e mi ha penetrata lentamente, profondamente. Avevo l'impressione di risucchiarlo, e di aspirarlo dentro di me. Più tardi mi avrebbe confessato di aver provato la stessa cosa, al punto da aver pensato di non riuscire più a riemergere dal mio ventre. Mi stringeva le cosce tra le braccia, stavamo finalmente facendo l'amore, per davvero e fino in fondo. Mentre si trovava imprigionato dentro di me, ho pianto. Non con singulti e singhiozzi spezzati, e nemmeno con un pianto violento e fragoroso. No, solo qualche lacrima silenziosa, a scorrermi abbondante e senza sosta lungo le guance. Mi sono sistemata in maniera da permettergli di spingersi il più a fondo possibile dentro di me. Gli ho stretto le gambe intorno alla vita. Tutti i miei muscoli si sono contratti nello stesso istante. Ho goduto quasi subito, con il dorso della mano destra premuto sulle labbra. Con un ultimo colpo di reni, D. non ha tardato a seguirmi. È rimasto ancora un po' dentro di me, poi è uscito per venirsi a sdraiare al mio fianco.

Appoggiato su un gomito, sostenendosi il mento con il palmo della mano, mi ha accarezzato il viso e il profilo del naso. Attraverso il tessuto dell'abito, ha sfiorato la punta dei miei seni. Stava riproducendo la scena inaugurale della nostra relazione, non saprei dire se intenzionalmente o meno. I suoi occhi non mi abbandonavano mai. Tutt'intorno non esisteva più nulla, all'infuori del suo sguardo affondato nel mio, di quella pienezza inaudita, del mio corpo finalmente intero. Ansimi e grida di piacere ci hanno distolto dalla reciprocità assorta della nostra contemplazione. Leelee era a quattro zampe, nel pieno dell'estasi. Pierre si è occupato di lei ancora per qualche minuto, accarezzandole i glutei. Solo in quell'istante ho pienamente realizzato che mi trovavo distesa di fianco a D., in un locale per scambisti, mentre mio marito faceva sesso, sotto i miei occhi, con la compagna del mio amore adolescenziale. A vederla da fuori, quella situazione non poteva che svelare il suo lato paradossale, quasi comico. Ero sul punto di scoppiare in una risata, una folle risata di gioia, una risata aperta e leggera. Mi sentivo improvvisamente radiosa, liberata da un peso. Ho pensato che era probabilmente l'ultima volta che mettevo piede in un locale del genere. Grazie a un colpo di fortuna che pareva incredibile avevo finito per imbattermi nell'unico uomo che ero realmente venuta a cercare. Ora, avrei potuto persino interrompere i miei pellegrinaggi tra i giocatori di cavalli.

Nel minuscolo spazio in cui eravamo rinchiusi l'aria si era surriscaldata. Pierre era in un bagno di sudore. Io non avevo voglia di chiacchierare, e palesemente neanche D. Mentre gli uomini si rivestivano, Leelee e io siamo andate a farci una doccia nella piccola stanza da bagno a disposizione dei clienti, con i suoi asciugamani puliti e fragranti al profumo di lavanda. Quando siamo uscite, i nostri uomini erano al bancone del bar, e vederli insieme mi ha creato un certo turbamento. Avevo qualche difficoltà a formulare pensieri coerenti. Ho detto a Pierre che preferivo rientrare. Leelee, dal canto suo, era pronta a ributtarsi nella mischia, e D. ha alzato gli occhi al cielo sorridendo del suo insaziabile appetito. Ci siamo salutati con normale educazione. «Grazie di tutto allora, e buon proseguimento di serata.» Quando ho baciato D. su una guancia per congedarmi, lui mi ha fatto scivolare un biglietto nel palmo della mano. «Chiamami,» mi ha mormorato all'orecchio «anche solo per bere un caffè. Non lasciamoci così.» Senza rispondere, mi sono allontanata con Pierre al seguito. Abbiamo oltrepassato la tenda rossa che separava l'ingresso del sotterraneo e abbiamo risalito le scale. Pierre ha pagato il conto, ha recuperato le nostre cose e mi ha allungato l'impermeabile. Fuori, ha fermato un taxi. Una volta preso posto sul sedile posteriore, mi ha tirata verso di lui senza dire una parola e io mi sono rannicchiata tra le sue braccia. Non abbiamo aperto bocca lungo tutto il tragitto. Arrivati a casa, una volta a letto, abbiamo fatto l'amore ed è stato meraviglioso.

XIV

Non ho mai chiamato D. nei sei mesi successivi alla nostra singolare rimpatriata. Nel portafoglio conservavo il pezzetto di carta che mi aveva lasciato, vicino al post it con il suo vecchio numero di telefono e il suo indirizzo. Quando pensavo a lui ero colta da un'infinita tenerezza, non più da quella febbre che mi aveva consumato tanto a lungo rifiutandosi di abbassarsi. Il solo pensiero del suo sguardo continuava a turbarmi, e così anche la sua maniera di baciarmi, di toccarmi. Ma ero in grado di ripensare a quella serata passata assieme riuscendo a mantenere una certa distanza di sicurezza. Potevo finalmente pensare a lui persino con appagamento. Ero anche curiosa, certo. Mi sarebbe piaciuto sapere cosa faceva nella vita, che ricordi conservava del periodo del liceo, se aveva dei figli, magari con Leelee o con un'altra donna, se si vedeva ancora con qualcuno dei nostri vecchi compagni di scuola. Ma rivederlo era impensabile, perlomeno senza Pierre. Non avevo alcuna intenzione di imbarcarmi in una relazione adulterina, e mi risultava difficile concepire l'idea di rivedere D. senza che il sesso finisse per avere la meglio. Da parte sua,

Pierre non ha mai fatto alcun commento su quella strana serata per mesi.

Se non ho chiamato D. è stato anche perché me ne è mancato il tempo. È stato un periodo denso, con una grossa mole di lavoro da sbrigare. I bambini erano piccoli e se ero troppo spesso assente tentavo almeno di consacrarmi a loro con tutta me stessa quando eravamo assieme. A volte Pierre andava in trasferta per lavoro, all'estero, e allora li facevo dormire con me nel lettone, nella tacita speranza che quelle ore di sonno passate a stretto contatto potessero almeno in parte compensare tutte le sere in cui era la tata a fargli fare il bagnetto e a dar loro da mangiare. Provavo a non pensare troppo a tutte le cose che stavo perdendo, a tutto quello di cui li privavo. Non davo alcun credito a quel genere di discorsi giustificazionisti inventati per alleggerire le madri dai loro sensi di colpa secondo i quali non è importante la quantità di tempo che si passa con i figli ma la qualità. Quando si è uno scricciolo di due anni, poter vedere la propria mamma per una mezz'oretta ben riempita tutte le sere non sarà mai equivalente ad averla a disposizione per parecchie ore nel corso della giornata. È la presenza che conta, la certezza incosciente e rassicurante di poter chiamare "Mamma!" e ottenere il più delle volte una risposta. Con questi pensieri in testa, facevo i conti come potevo con i miei sensi di colpa. Siamo partiti tutti e quattro assieme per una settimana di vacanza, e ci ha fatto benissimo. Poi ci sono state le solite malattie invernali, un carosello di riniti, laringiti, gastriti e otiti che ci ha trasformato la cucina in una far macia. Pierre e io siamo usciti molto di rado, e in ogni caso mai in un club per scambisti o in un qualsiasi locale a sfondo sessuale.

Ero come in apnea. Dopo essermi rifiutata di capire la gravità della situazione, ho dovuto guardare in faccia le realtà e capire che il cancro al seno si sarebbe portata via la mia amica Anna. Perderla mi terrorizzava. Tutto attorno a noi c'erano coppie che si stavano separando e litigavano per l'affido dei figli. Alcuni amici molto intimi attraversano fasi di profonde depressioni. Anche Pierre aveva non pochi problemi da fronteggiare, soprattutto divergenze professionali e morali con il suo socio in affari. Stavano prendendo in considerazione l'ipotesi di mettere fine alla loro collaborazione, eventualità ben lontana dall'essere priva di gravi ricadute sull'attività di mio marito. Come se non bastasse, il grigiore vischioso di un inverno che sembrava non avere alcuna intenzione di terminare coronava quello stato di oppressione. Ogni mattina tornavo a ripetermi quanta fortuna avevamo, che di fatto eravamo obiettivamente dei privilegiati e che la felicità in fondo poteva essere soltanto una questione di volontà. Ma poi mi sentivo riacciuffata dalla violenza che respiravo attorno a me, nel mio mestiere, nei notiziari, in strada. Facevo sempre più fatica ad accettare il solco che si creava tra la mia visione sociale del mondo, i miei ideali politici, le mie ispirazioni umaniste e la preoccupazione quotidiana di proteggere i miei cari e dare loro il meglio.

XV

Una domenica mattina del mese di maggio, mentre eravamo a letto e i bambini giocavano nella loro cameretta, Pierre mi ha parlato di D. Mi ha preso talmente alla sprovvista che sulle prime non ho nemmeno capito la domanda che mi aveva posto. Mi chiedeva se l'avevo richiamato, se l'avevo più rivisto. Da ingenua qual sono, ero persuasa che mio marito non avesse fatto il collegamento tra l'uomo con cui avevo fatto l'amore in quel club parecchi mesi prima e quello che aveva alimentato le mie fantasie erotiche durante tutti questi anni. Dovevo avere il disorientamento dipinto sul volto, perché Pierre mi ha sorriso con dolcezza e ha aggiunto: «Cosa ti credi, che abbia i paraocchi?». Mi ha suggerito di fare un colpo di telefono a D. per invitare da noi lui e la sua compagna, una sera in cui i bambini sarebbero stati dai nonni. «Vuoi scherzare, vero?» ho reagito io. «Certo che no. Lui ti piace, lei è affascinante. Sono sicuro che potremmo passare una serata molto piacevole.» Gli ho chiesto un po' di tempo per rifletterci. Quella proposta mi è rimbalzata in testa per tutta la giornata. Direi anzi che mi ha galvanizzata. Mi piaceva l'idea di rivedere D.

una volta ogni tanto per proseguire con lui quella storia d'amore carnale un po' sconclusionata iniziata sedici anni prima. Sapevo che avrebbe sempre fatto parte di me. E sapevo anche che l'alchimia chimica che ci legava non aveva nulla di ordinario. Sarebbe stato un peccato non sfruttarla.

Ho fatto passare qualche giorno. A volte prendevo in mano il telefono, tiravo fuori dal portafoglio il numero di D., trattenevo il fiato e rimandavo tutto a dopo. Infine mi sono lanciata e ho composto il numero. Mi ha risposto la segreteria e mi sono sentita sollevata. Ho lasciato un messaggio abbastanza confuso, ma perlomeno avevo fatto la mia parte e la palla adesso era a lui. Quando ho messo giù me la sono presa con me stessa. Come potevo essere così ridicola da avere quasi trentacinque anni e mettermi in un simile stato di agitazione per un filarino del liceo? D. ha richiamato dopo nemmeno un'ora. Sentire la sua voce ha subito fatto volare uno stormo di farfalle nel mio stomaco. Sembrava felice che gli avessi telefonato. Mi ha chiesto come stavo con una tenerezza che mi ha molto colpito. Io gli ho riferito della proposta di Pierre e per tutta risposta c'è stato un silenzio di qualche secondo. «Sai, è che non sto più con Leelee. Non era una relazione molto seria e in questo momento, ecco, non ho nessuno.» «E allora vieni da solo» ho suggerito. «È bello anche in tre.» L'ho invitato per il venerdì successivo, quando i bambini sarebbero andati in campagna per il fine settimana coi nonni e la loro cuginetta. Solo quando ci siamo salutati mi sono accorta che continuavo a non sapere nulla della sua vita. Che mestiere faceva, che libri leggeva se ne leggeva, che film andava a vedere, cosa faceva nel tempo libero? Era tutto ancora avvolto nel mistero. Mi spiaceva annunciare a Pierre che D. sarebbe venuto da solo. Quando gliel'ho detto ha alzato le mani a mezz'altezza in segno di resa dicendo: «Spero che si trovi presto una compagna di giochi dallo spirito altrettanto aperto come la precedente». Mi sono sentita di dover puntualizzare: «O dallo spirito aperto come il mio».

Pierre mi ha proposto di accoglierlo da sola, in modo da lasciarci un po' di tempo per «parlare dei vecchi tempi andati». «La fase amarcord me la risparmio volentieri» ha aggiunto. Il venerdì dell'appuntamento non sono riuscita a liberarmi prima dal lavoro, cosicché ho varcato la soglia di casa solo mezz'ora prima dell'orario convenuto con D. Mi sono fatta una doccia rapida, ho infilato un vestitino semplice di cotone, sono restata a piedi scalzi. Avevo comprato dei pomodori e della mozzarella di bufala e ho condito il tutto con olio d'oliva e qualche foglia di basilico. Ho messo una torta salata nel forno, ma senza accenderlo. In casa avevamo del gelato e qualche stuzzichino, ho pensato che sarebbe stato più che sufficiente. In frigo, ci aspettava una bottiglia di champagne.

XVI

D. è arrivato con cinque minuti di ritardo e un bouquet di rose rosse. Portava i jeans e una maglietta nera con le maniche lunghe. La carnagione scura faceva risaltare il verde dei suoi occhi, come ai tempi del liceo quando tornava dalla settimana bianca durante le vacanze invernali. Vederlo lì, in piedi sulla soglia di casa mia, mi ha fatto un effetto strano. L'ho fatto entrare, ci siamo baciati sulla guancia per salutarci, un po' maldestri e un po' divertiti dalla situazione. Gli ho spiegato che Pierre non era ancora tornato a casa, che ci avrebbe raggiunto durante la serata, e gli ho chiesto se volesse qualche cosa da bere. «Un bicchiere d'acqua, per favore.» Temendo che mi avrebbe fatto ubriacare da sola, ho provato subito a rilanciare: «E poi dello champagne?». Ha sorriso, probabilmente intuendo la mia inquietudine, e io mi si sono sentita sciogliere. «Sì, perfetto, poi dello champagne.» Siamo andati in cucina. Si è guardato attorno. Facevo fatica a rendermi conto fino in fondo che D. era davvero seduto sullo sgabello alto del bancone, nella mia bella cucina americana. Era la mia ricompensa per tutti i viaggi in RER. Ancora una volta mi sono sentita sul punto di raccontargli tutto delle mie peregrinazioni, dei miei sogni inebrianti, della follia insita in quella mia fedeltà amorosa, delle preghiere, degli incantesimi, dei ricordi costanti e vividi. Un istinto di prudenza ha fatto sì che mi mordessi la lingua e tenessi tutto per me. E poi non era il momento di parlare. Era il momento di cedere alle tentazioni, e la mia tentazione non prendeva certo corpo in quattro chiacchiere mondane. Ma se io mi interrogavo sull'eventuale insignificanza di un qualunque dialogo, da parte sua D. dava l'impressione di temere l'aria sospesa che si forma tra i buchi del silenzio.

«Claire... Ha cominciato a parlare senza guardarmi, poi ha alzato gli occhi verso di me. «Si può fumare in casa?» So bene che non era questo quello che mi stava per dire. Aveva cambiato idea all'ultimo momento con una scusa qualsiasi. «Certo che si può.» Mi sono alzata per prendere un portacenere e aprire la finestra, mentre lui si è messo a infilare qualche frase su quanto trovasse quella situazione "singolare" e allo stesso tempo "interessante".

Ha continuato a parlare con una voce sempre più incerta, senza che io facessi nulla per alimentare la conversazione. È che non riuscivo a staccargli gli occhi di dosso e a pensare a cosa ci aspettava; guardavo le sue mani e le immaginavo sul mio corpo. Mi stavo eccitando mio malgrado. Sapevo che di lì a poco avrei potuto perdere il controllo, e questa prospettiva mi entusiasmava. A un tratto ha interrotto quel suo quasi monologo, ha spento la sigaretta facendo ben attenzione che dal mozzicone non uscisse più il minimo rivolo di fumo, ha inspirato profondamente con un'aria molto concentrata e le sopracciglia leggermente aggrottate. «Preferisci che me ne vada?» Ho subito capito che aveva interpretato il mio silenzio per un'ostentazione di indifferenza, e me ne sono vergognata. Credo di essere arrossita. «No, no, assolutamente» gli ho risposto di fretta. «Scusami tanto, sai, non credo di essere molto in vena di chiacchierare. Ho pensato a te tutta la giornata e non ho voglia di parlare, ho voglia di qualcos'altro.» Si è schiarito la voce e ha affrontato il mio sguardo. Mi è parso finalmente più disteso. «Non sono particolarmente abituato a questo genere di cose. Non vorrei deluderti.» Questa piccola confessione mi ha commosso. Ma come spiegargli che non avrebbe mai potuto deludermi dal momento che ciò che rappresentava per me era qualcosa che sfuggiva al controllo di entrambi? Come dirgli che costituiva da solo tutto ciò che mi aveva fatto amare il sesso? Che ai miei occhi rappresentava l'essenza stessa del desiderio, dell'attesa, dell'ossessione della carne, della mia adolescenza? Che non avrebbe potuto fare nulla per cancellare la potenza dei nostri primi incontri faccia a faccia?

Stavo formulando nella mia testa una risposta piena del fuoco che mi ardeva dentro, ma D. mi ha anticipato. «Non siamo più dello stesso mondo, Claire. Tu non sai che tipo di vita faccio io. Non posso essere all'altezza.» Se mi avesse tirato uno schiaffo in pieno volto lo choc non sarebbe stato più violento. Sono impallidita, ma ho comunque tentato di sdrammatizzare. «Se hai condanne penali molto gravi, sappi che conosco degli avvocati molto bravi.» Sulle prime è rimasto sconcertato, poi ha capito che scherzavo ed è tornato a sorridere. «No, è soltanto che faccio il tassista, nulla di più.»

«E sarebbe questo il tuo spaventoso segreto?» Ho avuto l'impressione che si sentisse sollevato per essere riuscito a tirare in causa la sua professione, e la cosa mi ha fatto un po' stare male per lui. L'ho subito rassicurato. «Guarda che non mi interessa che cosa fai per vivere, che gente frequenti o in che zona abiti. Neanche tu sai nulla della mia vita e del mondo che frequento. Ti dico solo che ora, in questo preciso momento, sono tutta bagnata tra le gambe e questo mi succede per causa tua.» Ho sostenuto il suo sguardo, piuttosto soddisfatta della mia uscita. Ha sorriso di nuovo, tra il dubbioso e il divertito. Mi sono avvicinata a lui, una decina di centimetri separavano i nostri volti. «Ecco qua, ci siamo garantiti il minimo sindacale di conversazione preparatoria. Ora, se non ti spiace, potresti farmi il favore di baciarmi?» Ero contenta di aver saputo prendere l'iniziativa, per una volta. Si è alzato dallo sgabello, mi ha preso il collo tra le mani e ha introdotto la lingua tra le mie labbra. Incollava la sua bocca alla mia per poi allontanarsene, mi frugava con la lingua per poi baciarmi le guance con dolcezza. Ed ecco che, come per incantamento, non ero più nella mia cucina. Ero trasportata nel corridoio mal illuminato di una Casa della gioventù, nell'oscurità della camera di Fanny, sul divano di una casetta di periferia.

Con gli occhi chiusi ho mormorato: «Appena mi guardi, appena mi tocchi, sento il mio ventre che si apre». Mentre riprendeva a baciarmi ha portato una mano tra le mie gambe, l'ha posata a coppa sul cotone delle mie mutandine, poi ha fatto scivolare le dita sotto il tessuto. La mia irresistibile ascensione verso l'estasi era cominciata. Ho sempre avuto la sensazione che le sue dita e il mio sesso vivessero una relazione parallela, tutta loro. Quel modo che aveva di attardarsi su tutta la parte superiore, senza precipitazione, con lenti movimenti circolari, giocando con il clitoride senza irritarlo, dando l'impressione che quel modo di procedere piacesse a lui come piaceva a me, ecco, era una cosa che mi conduceva immancabilmente in un'altra dimensione spazio-temporale. Come in quei rari sogni in cui si prende il volo senza mai precipitare, e che al risveglio lasciano un ricordo abbagliante.

Sono comunque stata in grado di interromperlo, gli ho preso la mano e l'ho portato in camera. Ci siamo spogliati subito. «Ti sei accorto dell'effetto che mi fai?» ho detto mentre mi sfilavo gli ultimi indumenti. Mi sono sdraiata sul letto. Si è avvicinato per accarezzarmi, baciarmi, leccarmi, sondando con le invisibili antenne dell'istinto ogni minimo fremito della mia pelle. Ha percorso con l'indice l'incavo del mio inguine, da una parte, dall'altra. Quando si spostava sopra di me, la sua bella erezione veniva a effettuare qualche giro di avvistamento lungo i solchi del mio corpo. Allora muovevo le gambe e il bacino in funzione delle sue andate e ritorno. È sceso con il volto lungo le mie cosce, ha cominciato a darmi dei colpetti con la lingua sempre più vicini al mio sesso. Con la bocca a cuore ha soffiato dolcemente sul clitoride prima di pizzicarlo tra le labbra. Io ansimavo già fuori controllo. È in quel momento che è entrato Pierre. Ho sentito chiudersi la porta di casa, sull'uscio della camera è comparsa la sua silhouette massiccia. Ho voltato il capo verso di lui e in quello stato inebetito ho battuto con la mano il materasso di fianco a me. Mi ha sorriso con tenerezza e ha risposto all'invito: «Mi faccio una doccia e arrivo». Era scesa la sera. Prima di eclissarsi nella stanza da bagno, Pierre è andato a prendere una candela, l'ha accesa e l'ha posizionata sul comò, poi ha acceso anche la fioca lampada sul mio comodino. D. si era fermato e lo guardava fare, un po' in attesa.

Ho passato una delle notti più belle della mia vita. Raramente avevo conosciuto una felicità così intensa. Quando Pierre ci ha raggiunto ero al colmo dell'eccitazione. I capezzoli duri, il corpo arcuato, trafitta dai brividi, ero in un altro mondo. Pierre ha aggiunto le sue carezze a quelle di D. e ho avuto l'impressione di essere percorsa da migliaia di dita. A turno, venivano a baciarmi, le loro salive mi si mischiavano in bocca, depositando il sale delle mie proprie secrezioni. Quando un sesso teso mi si avvicinava, lo impugnavo per leccarlo, succhiarlo, strofinarlo contro il naso, contro una guancia. Eravamo come una sola entità, ogni gesto era armonioso, evidente, naturale. Ogni tanto aprivo gli occhi e li guardavo fare attorno a me, su di me, dentro di me. Mi sono sollevata sulle ginocchia, non ce la facevo più. D. è venuto ad attaccarsi dietro di me, sentivo il suo sesso contro le mie natiche, mentre Pierre mi titillava i capezzoli con la lingua. Mi sono messa a quattro zampe davanti a D., offrendogli il sedere. Mi ha penetrato, ho preso in bocca Pierre. Sentivo i loro gemiti, una colonna sonora in stereofonia che attizzava la mia voglia. Non so dire quante volte sia venuta.

Non era ancora niente. A ogni colpo di reni di D. mi sentivo svenire. Ho lasciato Pierre, mi sono messa a urlare martellando di pugni il materasso. Un'ondata violenta di piacere mi ha terremotato dalle anche alla testa quando D. ha fatto scivolare la mano sul mio ventre per cercare quel bottoncino che, tempo pochi secondi, mi ha condensata, riassunta, dispersa ai quattro venti. Mi concedevo senza reticenze, ma ancora non era abbastanza, avrei voluto aprirmi di più. Mi sono inarcata più che potevo, ho divaricato le ginocchia, mi sono aperta al mio massimo. Poi D. si è ritirato bruscamente per eiaculare al di sopra dell'incavo dei miei glutei. Il suo sperma mi è colato lungo le anche. Allora è venuto a baciarmi sulla guancia. Ho offerto il culo a mio marito. «Vieni.» Ne volevo ancora. D. si è sdraiato a prender fiato sul cuscino, io ero sempre a quattro zampe, Pierre si è conficcato dentro di me. Mentre Pierre mi prendeva affondavo lo sguardo in quello di D., trasportata in un altrove lontano, al di là del verde dei suoi occhi, in quello strano paese in cui le adolescenti incidono a fuoco l'interno delle cosce con le iniziali del ragazzo amato.

Ho goduto ancora una volta. E ha goduto Pierre, dentro di me.

A poco a poco ho sentito allentarsi la tensione che mi abitava. Ho appoggiato la testa sui miei avambracci, le natiche ancora sollevate, e mi sono messa a piangere senza riuscire a controllare i singhiozzi. Pierre mi ha abbracciata e mi ha tenuto contro di lui per qualche istante, poi mi sono distesa tra di loro. Siamo rimasti senza parlare per dei lunghi minuti. Nel torpore che aleggiava su di noi, ho ascoltato la regolarità dei nostri sospiri. Ho preso la mano di Pierre, l'ho tenuta stretta nella mia. C'erano più di quindici anni di differenza tra gli uomini che dividevano il mio letto. Uno era alto e massiccio, con un po' di pancia, il petto denso di peli, l'altro era più piccolo, l'incarnato scuro, la pelle liscia, gli addominali ancora tesi. Una complementarietà perfetta, ho pensato. Nella penombra, un sorriso si è disegnato sul mio volto.

"Su, su, basta poltrire, in doccia! Che poi mi è venuta una fame da lupi!" Sono balzata giù dal letto e ho lasciato la stanza. Ho sentito Pierre che proponeva a D. di utilizzare la stanza da bagno per gli ospiti. Una volta lavati, ci siamo ritrovati tutti e tre in cucina. Pierre con addosso un semplice asciugamano, mentre D. e io ci eravamo rivestiti completamente. Ho acceso il forno per la torta salata. Pierre ha tirato fuori dal frigo la bottiglia di champagne. D. mi ha offerto una sigaretta da cui ho fatto con gusto qualche tiro mentre Pierre ci versava da bere. Abbiamo alzato i calici brindando alla vita, poi abbiamo sgranocchiato qualcosa chiacchierando in tutta libertà. D. ci ha chiesto se facevamo spesso "queste cose".

«No, non spesso, e a ogni modo non così» gli ho risposto. Pierre ha spiegato che il nostro era un libertinaggio irregolare, non sistematico, di qualità alterna. Poi gli ha chiesto di parlarci un po' di lui. Allora D. si è raccontato. Dopo il liceo non aveva avuto nessuno a tirargli quattro calci nel sedere per spingerlo a studiare, così aveva infilato uno dopo l'altro una serie di lavoretti senz'arte né parte. E si era fatto la sua buona collezione di errori, che avevano rischiato di farlo deragliare. Finché non aveva incontrato una ragazza "come si deve" che gli aveva ridato un po' della fiducia in se stesso che aveva perso in quegli anni. Aveva tagliato i ponti con le cattive frequentazioni, si era trovato un lavoro in una stazione di servizio, aveva fatto il parcheggiatore e il cameriere, e infine era stato assunto da una grossa compagnia che copriva tutta l'Île-de-France. La sua ragazza l'aveva lasciato e si era trovato da solo, passando attraverso relazioni passeggere, piacevoli, senza troppa importanza. Aveva incontrato Leelee all'aeroporto, una cliente come tante che gli aveva chiesto di condurla nella banlieue nord della città. Lungo la strada si erano messi a parlare, e si erano trovati da subito. Lei era piena di vita, aperta, disponibile. Per sei mesi avevano avuto una relazione imprevedibile e senza futuro. Un giorno se n'era ripartita così come era venuta, senza lasciargli il tempo di dirle che si era affezionato davvero, che a lei ci teneva. Mi sono accorta che nel parlare pesava ogni singola parola. Non voleva dire troppo e non osava porre domande. Mangiava in punta di forchetta, come chi ha paura di rompere qualcosa. Pierre lo ascoltava con un'attenzione rispettosa, ed è anche per questo che lo amo. Per la sua capacità di manifestare benevolenza, empatia e comprensione ai propri interlocutori, anche sconosciuti. E per farlo soprattutto con le persone a me care, anche se non fanno parte del suo universo.

XVII

Ci siamo spostati in salotto. Pierre ha acceso la lampada alogena regolandone al minimo l'intensità e ha messo su un po' di musica scegliendo un vecchio album di Chris Isaak che faceva parte dei miei dischi. Ho apprezzato la galanteria. Quella musica mi aveva cullato durante molte notti. D. si è avvicinato al patchwork di nostre foto personali che avevo appeso al muro. Il matrimonio, la gravidanza, i bambini, le vacanze, i ricordi di viaggio: gli ultimi dieci anni della nostra vita erano riassunti su una lastra di compensato di un metro quadro. Lo champagne era terminato e gli ho portato un bicchiere di vino. Ho guardato la nostra esistenza cristallizzata per tappe in quelle immagini, e mi sono sentita giovane e viva, priva di angosce per l'ineluttabilità dello scorrere del tempo, senza paura di invecchiare, di morire, di perdere i miei amici. Ho avuto una sensazione di coerenza, come se tornassero i conti tra ciò che ero stata tanto tempo fa e ciò che l'esistenza, l'ambizione e gli incontri mi avevano fatto diventare. Mi sono sentita in pace con me stessa, e non sono certa che sia una cosa che accade di frequente nel corso di una vita. Sapevo che quella serenità non era destinata a durare, ma in quel preciso istante aveva qualcosa di liberatorio. D. si è voltato leggermente per guardarmi. Ci siamo sorrisi e lì si è lasciato sfuggire questa frase: «Non lo saprò mai, perché non ci ho nemmeno provato, a trattenerti». Io ho alzato le spalle. «Per te era solo un gioco. Ti sei stancato, ecco tutto.» Ha scosso il capo. «No, no. Non era un gioco proprio per niente. Piuttosto avevo la testa presa da tutta una serie di guai che succedevano da me, in famiglia. E mi sa tanto che ero pure un po' un coglione. O un bambino.» Ho fatto una smorfia poco convinta. «Un bambino non direi.»

Gli ho preso un braccio e l'ho premuto contro di me appoggiandogli la testa su una spalla. Avevo sognato questo gesto semplice mentre mi insegnava le asperità del desiderio. Me ne rendevo conto solo allora. All'epoca in cui andavamo insieme al cinema, avrei adorato che d'un tratto mi prendesse la mano per la strada, che venisse a pranzare la domenica a casa dei miei genitori, che mi parlasse di quel padre di cui sentiva la mancanza. Avrei adorato conoscere più da vicino la sua vita e le sue ferite, sfogliare i suoi album di fotografie, vedere la faccia che aveva quando era piccolo. E invece non conoscevo niente di lui, anche se a volte mi sembrava di essergli sempre stata al seguito. O forse il contrario, non saprei dire. Ha posato il bicchiere sul cassettone. In un solo gesto ci siamo ritrovati allacciati l'uno all'altro pronti a baciarci. Ha avvolto il mio seno con una mano e, mentre la voce calda di Chris Isaak evocava quei "giochi pericolosi che mi hanno fatto sognare di te", ho aperto un occhio per scorgere Pierre, seduto in asciugamano sul divano. Ha alzato un bicchiere nella mia direzione e ho capito che per il momento si sarebbe accontentato di essere un semplice spettatore. La sensualità dei baci di D. continuava a soggiogarmi, a farmi vacillare. Aveva un dono, un vero dono, l'aveva sempre avuto. Ritrovavo tutte le sensazioni del passato scritte sulla mia pelle, la spensieratezza di un tempo, la leggerezza, il senso magico della scoperta, la facoltà propria dell'adolescenza di farci conoscere soltanto la versione intensificata dei sentimenti. Mi sono rivista mentre piangevo davanti allo specchio, a cercare il riflesso del mio cuore spezzato nelle lacrime di mascara. Non so per quanto tempo siamo andati avanti a baciarci così, davanti a mio marito e alle foto dei nostri figli. Gli ho infilato una mano sotto la maglietta e gli ho accarezzato la schiena.

Quasi senza accorgercene, oscillavamo lentamente al ritmo della musica. Senza staccare le labbra dalle mie, D. mi ha fatto scivolare il vestito fino ai piedi, poi ha riposto le mani sui miei seni. Si sono subito induriti al contatto con la sua pelle. Ho sollevato la sua maglia nera, gliel'ho levata facendola passare dalla testa. Allora mi ha premuto contro il muro, per poi prendermi i polsi e sollevarmeli sopra il capo. Ho scorto nei suoi occhi un rapido bagliore di divertimento: non ero la sola a essermi ripassata il film nella mente. «Ora, dietro la porta dovrebbe esserci un sacco di gente» ho sussurrato. Ha fatto cenno di no guardandomi fissa negli occhi. «Prima io tento di far scivolare un dito proprio qui.» Mi ha lasciato i polsi e con una mano è sceso tra le mie gambe. «Non vi è più la resistenza incontrata in precedenti occasioni» ha detto con un tono dottorale, come se stesse dettando a un segretario le proprie considerazioni antropologiche. Ho riso. «Oh, scusa» ha detto con un sorriso furbo nello sguardo che smentiva ogni contrizione. Ha proseguito nella sua ispezione senza staccarmi gli occhi di dosso. Il mio respiro ha cominciato ad accelerare, mentre ondeggiavo il bacino avanti e indietro per permettergli di scivolare più a fondo. Ho scosso impercettibilmente il capo, a indicare fino a che punto l'effetto delle sue mani su di me fosse al di là della mia comprensione.

D. si è appoggiato con la fronte sulla mia. Nell'aria si erano spente le note di Chris Isaak per lasciare spazio a quelle di una versione femminile e un po' jazz di *With or Without You*. Qualche accordo di piano, una voce cristallina e sensuale, e la mano di D., uscita umida dalle mie cosce, mi risaliva lungo l'anca, mi lambiva il fianco, disegnava il profilo del mio seno, mi sfiorava il collo e veniva a posarsi a tenaglia sulla mia bocca. «Il tuo piacere è molto bello da vedere» ha detto prima di tornare a baciarmi, tenendo sempre la mia mascella tra le dita. «Sono d'accordo» ha affermato Pierre dal divano. «Credo che dovremmo ritornare in camera.»

Abbiamo rifatto l'amore tutti e tre assieme, con la stessa fluidità, la stessa naturalezza, la stessa intensità. Ecco, mi dicevo, ecco a cosa assomigliava il paradiso perduto, quell'eden precedente alla guerra, ai giochi di potere, alla sottomissione. Ci preoccupavamo l'uno dell'altro affinché ognuno avesse la sua parte di piacere, in una comunione gioiosa, prorompente, affettuosa. Tra Pierre e D. non vi era nessuna forma di competizione. Nel giro di qualche istante non sapevo più chi era dove, chi dei due penetrava la mia bocca, a chi apparteneva quel sesso che premeva contro i miei seni. D'altronde penso che nel fuoco dell'azione le loro carezze non fossero destinate esclusivamente a me. Mi sono sentita immortale, ci trovavo splendidi, mi sarebbe piaciuto avere specchi dappertutto per poterci contemplare. L'odorato, la vista, il tatto, avevo i sensi annebbiati, saturi di immagini e sensazioni inedite, sbalorditive. Non avevo più la stessa percezione del mio corpo nello spazio, era come se mi muovessi in assenza di gravità. Qualcosa mi ha ricordato una notte passata nel Salar de Uyuni, l'enorme deserto di sale boliviano, più di diecimila chilometri quadrati di paesaggio lunare. Con Pierre e la nostra guida avevamo fatto un'escursione partendo in fuoristrada alle quattro del mattino. L'autista aveva lanciato la vettura su quella superficie scivolosa come una pista di pattinaggio, aveva spento i fari e, prendendo come riferimento le cime delle montagne che si stagliavano sul cielo stellato a varie decine di chilometri da noi, aveva tolto le mani dal volante, certo di non incontrare alcun ostacolo. Avevamo viaggiato così per qualche minuto, a più di cento all'ora su quell'antico lago essiccato, immersi nel silenzio assoluto e in un'oscurità quasi totale. E ora, nel cuore di Parigi, in quella notte così speciale, ritrovavo nel contatto dei nostri corpi lo stesso fluttuare, la stessa perdita di riferimenti, lo stesso superamento delle percezioni sensoriali. Una libertà senza condizioni. Quando infine ci siamo distesi sul letto, sazi e appagati, erano quasi le tre del mattino. Mi sono addormentata quasi subito, con il sorriso sulle labbra, appoggiata al petto di Pierre e la testa di D. sul mio ventre.

XVIII

Non so che cosa mi abbia svegliato circa un'ora dopo. Forse il fatto che nel sonno avevo ritrovato la mia posizione abituale nel letto, un letto non concepito per accogliere tre adulti nello stesso tempo. D. non c'era più. Mi sono sorpresa nel non trovarlo accanto a me. La delusione provata nel constatare la sua assenza ha fatto nascere dentro di me un vago timore. Nel mio copione ideale non c'era spazio per un eccesso di attaccamento. Mi sono alzata, dal cassetto del comò ho preso un baby doll in cotone e lungo il corridoio ho seguito l'aroma di caffè che proveniva dalla cucina. D. era di spalle davanti alla finestra, con i piedi scalzi, i suoi jeans e la maglietta nera. La casalinga che sonnecchia in me si è accorta con un solo colpo d'occhio che i piatti che avevo depositato nel lavabo la sera prima erano già stati lavati e il piano di lavoro era stato pulito. La caffettiera era piena. Ho avanzato verso di lui. Mi ha sentito arrivare e si è girato nella mia direzione. «Ho fatto rumore? Vi ho svegliato?» mi ha chiesto preoccupato. «Figurati, Pierre sta russando della grossa, ed è questo che mi ha svegliato» ho improvvisato. «Grazie per aver fatto i piatti, non dovevi.»

Ho versato il caffè in due tazzine e l'abbiamo bevuto insieme, appoggiati al lavandino in piedi uno accanto all'altro. Per qualche minuto nessuno dei due ha aperto bocca. Eravamo avvolti da una confidenza nuova e non c'era più la necessità di colmare con le parole ogni istante di silenzio. Ho guardato i miei piedi nudi, di fianco ai suoi sulle piastrelle bianche. Quella prossimità fisica mi è piaciuta, con tutto ciò che aveva in sé di ordinario, di quotidiano e dunque anche di intimo. D., a piedi scalzi nella mia cucina... Il solo pensiero mi riempiva di gioia, nonostante i miei sedici anni fossero volati via già da molto tempo. Le sensazioni che mi attraversavano erano forse ridicole, magari persino comiche, ma poco mi importava. Ognuno bara come può per ingannare lo scorrere del tempo.

«Te ne saresti andato senza nemmeno salutare?» gli ho chiesto a un certo punto tentando di utilizzare il tono più neutro possibile. «Forse sarebbe stato meglio, non credi? Adesso che cosa faremo?» ha detto lui con quello che mi è parso di percepire come un alone di rassegnazione. Ho riposto la tazzina nel lavabo e gli ho risposto con un'alzata di spalle, contemplando i nostri piedi: «Tu non lo so, ma noi abbiamo tutto il fine settimana libero davanti. I bambini sono via, e non è una cosa che capita così di frequente. Il tempo dovrebbe essere bello, potremmo andare a fare una passeggiata, e poi fare l'amore. Mangiare, bere, ricominciare. Approfittarne, fino in fondo». Improvvisamente sono stata rapita dall'intensità che emanavano i suoi occhi. Mi era sempre impossibile resistere a quello sguardo che avrebbe potuto liquefarmi. Quel turbamento era allo stesso tempo nuovo e familiare. Sondando le mie emozioni, ho rilevato qualcosa di indefinibile che non si esauriva nell'eccitazione, che pure stava tornando a montare. Era qualcosa che, piuttosto, aleggiava sopra i confini della malinconia, della tristezza. Prima che mi ponesse un'altra domanda, l'ho visto sospirare. «Può essere davvero così semplice?»

«Sì, certo» ho mentito d'istinto, per poi aggiungere quasi timidamente: «Sei molto bello, sai». Mi ha accarezzato la guancia, ho chiuso gli occhi. L'ho abbracciato in vita e mi sono incollata al suo torace, affondando il volto nell'incavo del collo. Mi ha circondato le spalle e mi ha stretto a sé. Ho respirato il suo odore fino a inebriarmene, ad affogarci dentro. Il petto gli si è sollevato in un sospiro profondo e l'ho sentito mormorare nei miei capelli: «Ti amavo. Ti amavo».

Queste parole sono andate a depositarsi da qualche parte nella mia memoria, come un balsamo che lenisse antiche ferite le cui cicatrici non si erano mai rimarginate completamente. Non è stato in me, nella lavoratrice, madre e moglie, nella donna che ero diventata, che quelle parole hanno echeggiato con potenza, bensì nell'adolescente che ero stata e con la quale non avevo mai perso il contatto. La mia risposta mi è scivolata fuori dalle labbra mio malgrado, al punto che ho avuto bisogno di qualche secondo per capire esattamente la frase che avevo appena pronunciato. «Anch'io ti amavo, ho creduto di morirne.» D'un tratto mi sono rivista, come se il mio doppio ringiovanito si trovasse davanti a noi in quella stessa cucina. I capelli lunghi, i jeans aderenti, il seno minuto, il ventre piatto, la curva delle anche disegnata appena. Mi sono rivista con il volto sofferente solcato dalle lacrime, i pugni chiusi dalla rabbia, nelle orecchie la voce incomparabile di Sinead O'Connor che gridava il dolore puro dell'assenza. Mi sono rivista nella stanza da bagno della casa dei miei, una crisi isterica, la lametta sulle piastrelle, il sangue. Ho rivisto via madre aprire la porta, strillare, mettersi a scuotermi mentre a poco a poco me ne stavo già andando. È stato uno choc.

Come avevo potuto dimenticarmi di aver voluto morire per lui? Come avevo potuto non farne menzione nei miei diligenti quaderni di allora? Come avevo potuto vivere nell'illusione che l'unica mia ossessione fosse quella del desiderio, della carne? Le lacrime che avevo versato sei mesi prima al club, o quella notte stessa, non si spiegavano soltanto come reazione all'intensità dell'orgasmo. Erano lacrime versate per la piccola Claire, sopraffatta da una ferita d'amore che aveva voluto cancellare a colpi di rasoio. Erano il mio regalo per alleviare la sua pena, perché potesse ripartire tranquilla, in pace, riconciliata. Mi sono resa conto che spesso mi capitava di fare l'amore per consolarmi, mentre ad altri la tristezza fa l'effetto opposto, li spinge a dire: «No, non adesso, stasera non ho proprio la testa».

Mi sono staccata da D., ho messo i miei avambracci l'uno contro l'altro, i palmi delle mani aperti a mezz'aria. Ho cercato sui polsi i segni delle cicatrici. C'erano ancora. Dei taglietti affilatissimi, quasi invisibili, percepibili soltanto in filigrana. Ero marchiata a fuoco come il bestiame. D. mi osservava senza capire cosa stessi fissando con tanta attenzione. Poi mi ha afferrato le braccia, le ha avvicinate alla luce per guardare a sua volta e ha scorto sulla mia pelle quelle impercettibili striature. Le lacrime mi sono affiorate sulle ciglia. Lui sembrava turbato quanto me e, senza lasciarmi i polsi, con una voce strozzata mi ha detto: «Questo no, questo non l'ho mai voluto. Nei miei ricordi sei stata tu a non volerne più sapere di me». Gli ho sorriso cercando di non piangere, e di rassicurarlo. «Non è colpa tua. Ero talmente orgogliosa da preferire questa soluzione piuttosto che venirti a parlare, confessarti fino a che punto ero pazza di te, supplicarti di lasciare la tua ragazza. Anch'io ero un po' una coglioncella. Ma come vedi, direi che col tempo sono riuscita a riprendermi.»

Pierre è comparso in cucina mezzo addormentato, con addosso giusto i pantaloni del pigiama, e si è diretto verso il frigo guardandoci appena. D. mi ha lasciato i polsi, mi sono rapidamente asciugata gli occhi e ho osservato mio marito mentre prendeva una bottiglia d'acqua e se la scolava intenzionato a vuotarla d'un colpo, bevendo a canna come se avesse appena attraversato a piedi il deserto della Libia. Mi ha guardata con la coda dell'occhio e ha smesso di bere. «Sono un po' deluso, mi aspettavo di trovarvi a baciarvi selvaggiamente sulla lavastoviglie.» D. ha sorriso, mentre io ho levato gli occhi al cielo. «Ah no, senza pubblico è molto meno divertente.» Pierre ha richiuso la bottiglia e, date le giornate piene di impegni che ci attendevano, ci ha consigliato di tornare a dormire. Di fronte alla nostra evidente incomprensione di ciò che intendeva dire, si è degnato di essere più esplicito e di farci parte del suo progetto: approfittare di quel bel weekend di maggio per andare a fare una scampagnata in riva al mare. La Normandia era a solo due ore di macchina, e conosceva qualche alberghetto simpatico a Honfleur o a Étretat dove non sarebbe stato difficile cenare con un bel piatto di frutti di mare. D. l'ha squadrato per capire se fosse davvero serio. Lo era. «L'unico problema è che in questi giorni abbiamo ancora la macchina dal meccanico. E non possiamo chiedere alla mia moto di portarci tutti e tre...» «C'è la mia auto» ha proposto D. «Non è una carrozza di lusso, ma penso che potremmo accontentarci.» Pragmatico come sempre, Pierre ha concluso l'affare. «Bene, allora. Tu ti incarichi del trasporto e io mi occupo del vitto e dell'alloggio.» Girandosi verso di me mi ha interrotto prima ancora che aprissi bocca. «E tu non mi fare l'affronto di chiedere quale sarà il tuo contributo.» Per quanto mi riguardava, avrei volentieri cominciato a pagare la mia parte di viaggio anche in quel preciso istante. Con uno sbadiglio significativamente non trattenuto, Pierre ci ha di nuovo esortato a riprendere la strada verso il letto. Io l'ho seguito in camera, mentre D. ha preferito terminare la notte sul divano del soggiorno.

L'indomani mattina, D. si è assentato un momento per scendere al Monoprix, il minimarket all'angolo, in modo da potersi procurare uno spazzolino e un ricambio di vestiti. L'ho lasciato partire malvolentieri, con la paura che non ritornasse. Pierre se n'è accorto. «Non ti preoccupare, che non se ne scappa a gambe levate. Al massimo a gambe levate ci mette te.» Mi ha dato un buffetto affettuoso e ha continuato: «Non conosco nessun uomo che si perderebbe un weekend così promettente. Non si lascerà sfuggire l'occasione, vedrai». Ho lasciato cadere la trousse della toilette nel borsone e gli ho lanciato un'occhiataccia di traverso. «Che cosa vuoi dire, che è un approfittatore? Guarda che lui non ha mica chiesto niente.» Pierre si è infilato i jeans. «Non dico questo, penso solo che tornarsene a casa proprio adesso sarebbe da stupidi. E dal momento che stupido non lo è senz'altro...» Cercavo un paio di scarpe nel ripostiglio e, a quattro zampe, l'ho provocato: «Guarda che non mi freghi, tu. Fai tanto il magnanimo perché in fondo pensi che non ti lascerei mai per fuggire con un tassista». Ho spiato la sua reazione di sottecchi. Non si è scomposto neanche un po'. «Ti sbagli. Se gli apro la porta di casa mia e gli concedo il mio letto è perché ti fa godere. E poi perché la situazione mi sembra eccitante sotto il profilo sessuale e salutare sotto quello umano.»

Ho finalmente trovato le scarpe che cercavo, un paio di sandali con la zeppa alta e che sarebbero stati benissimo con il vestitino primaverile che avevo scelto. Mi sono seduta sul bordo del letto per infilarli. «Perdonami,» gli ho detto «non dovrei essere aggressiva con te.» Ho teso una mano verso di lui, che l'ha presa al volo stringendomi le dita tra le sue. «Perdonata.» Ho chiuso la valigia e abbiamo chiamato i bambini sul cellulare dei miei genitori. Andava tutto bene. Prima di mettere giù mi sono un attimo distanziata da Pierre per parlare da sola con mia madre. «Senti mamma, ti ricordi quell'anno al liceo, alla fine della scuola, quella volta quando... ecco, quando mi sono aperta le vene?» C'è stato un lungo silenzio. «Sì, ricordo. È un genere di cose che non si dimentica. Perché me lo chiedi?» «Perché è strano, io me ne ero completamente scordata. Pensa che mi è tornato in mente solo questa mattina. Non so se te l'ho già detto, ma, ecco, stavo per non farlo, stavo proprio per non farlo quella mattina. E a trattenermi c'era soltanto il dolore che ti avrei procurato. Poi però il mio proprio dolore è stato più forte di tutto.» L'ho sentita tirare su con il naso attraverso la cornetta e l'unica cosa che mi è venuta da pensare è che eravamo proprio una bella famiglia di piagnone.

D. era stato di parola: la sua macchina non era effettivamente una carrozza di lusso, ma neppure una bagnarola sgangherata. Una semplice Clio nera, relativamente pulita. D. si è messo al volante e ho lasciato che Pierre si sedesse al suo fianco in modo che avesse un po' di spazio per distendere le sue lunghe gambe. Alla radio passavano dei vecchi successi e io mi sono messa a canticchiare guardando fuori dal finestrino. Doveva essere una di quelle emittenti che non fanno che alternare "le grandi hit degli anni Ottanta" a trasmissioni dai titoli come *Speciale revival*. Sta di fatto che conoscevo tutte le canzoni a memoria. A poco a poco ho cominciato ad alzare il volume della voce. Mi sono accorta che da troppo tempo avevo smesso di cantare sotto la doccia o facendo da mangiare, che ascoltavo musica sempre meno spesso, la sera prima di addormentarmi o sui mezzi pubblici con le cuffie. Allora ho dato libero sfogo alle mie incontrollabili pulsioni vocali, il che ha lasciato il conducente e il copilota completamente senza voce. In autostrada ho dato un'occhiata al contachilometri e ho pregato D. di rispettare i limiti di velocità. Sono abbastanza intransigente quando si tratta di sicurezza stradale. Lui ha ubbidito mimando il saluto militare. Mi sono sporta tra i due sedili anteriori, ho schioccato un casto bacio sulla guancia di Pierre e un altro su quella di D., poi sono tornata a sprofondare al mio posto. «La cintura» mi ha fatto notare D. Obbedendo a mia volta, mi sono seduta dietro a Pierre e me la sono allacciata. Ho sorpreso lo sguardo di D. riflesso nello specchietto interno. Lo aveva appena regolato in modo da potermi avere in visuale. Ho fatto salire lentamente l'orlo del mio vestitino fino al ginocchio, poi fino a mezza coscia. Lui ha ritoccato il retrovisore per inclinarlo. Con quell'accorgimento non potevo più vedere i suoi occhi, ma lui doveva avere una vista vertiginosa sulle mie gambe. Centimetro dopo centimetro, ho continuato a far risalire il tessuto fino alle mie anche. Quando si è reso conto che quello che stava osservando tra le mie gambe non era la sgambatura delle mutandine, bensì il mio triangolo ben depilato, ha riaggiustato lo specchietto per lanciarmi uno sguardo rapito. Gli ho sorriso con tutto il candore e l'ingenuità di cui ero capace. E mi sono rimessa a cantare.

Ho aspettato che D. riposizionasse il retrovisore verso il mio centro di gravità. Ho allargato leggermente le gambe e ho spinto il bacino in avanti, poi mi sono fatta scivolare una mano tra le cosce e ho iniziato ad accarezzarmi, il tutto fingendo di essere assorta da quello che osservavo attraverso il finestrino. Ho appoggiato il piede destro contro lo schienale di mio marito, accentuando il movimento delle dita. D. si è rivolto a Pierre. «Mi sa che si è accesa qualche spia luminosa, là dietro.» Pierre si è girato verso di me sporgendosi dal poggiatesta ed è scoppiato a ridere. «Ma va che sei proprio un tipo impossibile, tu!» Mi ha tirato giù la gonna, e io ho sospirato. «Ho voglia.» Avevo deciso che avrei approfittato di quei due giorni per dare libero sfogo a ogni mia fantasia, per diventare, lungo l'arco di quarantotto ore, un animale indomabile, un essere di pure pulsioni, una non-cittadina piena di diritti ma libera da qualsiasi dovere. Pierre ha teso un braccio sul fianco del suo sedile per raggiungere il mio polpaccio. «Aspetta almeno fino alla prossima stazione di servizio.» Dieci minuti dopo D. si fermava in tutta urgenza in un'area di parcheggio lungo l'autostrada per far sì che mio marito potesse raggiungermi sui sedili posteriori. L'auto è ripartita mentre io mi sedevo a cavalcioni su Pierre. Ho dovuto un po' armeggiare per aprirgli la cintura, sbottonargli i jeans e fare uscire il suo sesso già dritto e teso, ma alla fine ci sono riuscita e mi sono impalata con grande soddisfazione. D. aveva il suo bel daffare per restare concentrato sulla guida. Io ho persino sbattuto la testa sul tettuccio. Pierre ha dichiarato forfait prima di eiaculare e abbiamo riso, abbiamo riso molto, di fatto abbiamo più riso che goduto. Ma è stato lo stesso molto piacevole. Abbiamo sorpassato un camion che ci ha fatto i fari e un'attempata Peugeot 307 la cui conduttrice si è domandata se aveva davvero visto ciò che aveva creduto di vedere. Ho cercato nella borsa dei fazzolettini di carta, mi sono asciugata e mi sono messa a sedere dietro D. Da dietro lo schienale ho fatto passare un braccio attorno al suo collo. Lui ha posato una mano sulla mia, e io gli ho sussurrato in un orecchio: «Non sono così incosciente da occuparmi di te mentre guidi. Ma stai sicuro che non ti farò mancare nulla».

XIX

Siamo arrivati a Étretat verso le sei di sera. Pierre è andato a prenotare le camere in un albergo che conosceva, una locanda a tre stelle in stile vecchia Francia a conduzione familiare, con un arredamento squisitamente fuori moda ma elegante. Ha chiesto due stanze attigue mentre noi lo aspettavamo fuori e ci ha proibito di salire a depositare i bagagli. «Prima prendiamoci una boccata d'aria, approfittiamo degli spruzzi di mare del tardo pomeriggio. Mi rifiuto di chiudermi in camera con voi adesso.» Abbiamo lasciato l'auto al parcheggio dell'hotel. Si era alzato un vento leggero, ho infilato l'impermeabile e mi sono annodata la cintura intorno alla vita. A ogni folata, temevo che la gonna mi si sollevasse, svelando agli sguardi dei passanti l'assenza di biancheria intima. Mi ero sistemata gli occhiali da sole sulla testa per non avere i capelli negli occhi.

Ci siamo arresi alla passeggiata di rito lungo la scogliera, impresa nient'affatto agevole per quanto mi riguardava a causa delle zeppe, che erano certo comode, ma misuravano comunque una buona decina di centimetri. Lungo la strada, mentre il vento ci soffiava nelle orecchie, D. mi ha chiesto del mio lavoro. Si è ricordato che già al liceo avevo le idee chiare sull'attività che avrei voluto svolgere in seguito. Voleva conoscere gli argomenti di cui preferivo occuparmi nei miei servizi. Gli ho risposto con l'abituale loquacità, adoro parlare del mio lavoro. Pierre aggiungeva particolari alle mie ricostruzioni, forniva precisazioni, offriva il suo punto di vista, in tono lusinghiero. L'ammirazione reciproca e la stima verso i rispettivi impieghi avevano nutrito la nostra relazione sin dagli esordi. Sul sentiero abbiamo incrociato molta gente, bambini che correvano nonostante gli ammonimenti dei genitori, coppie che passeggiavano mano nella mano, comitive di amici che schiamazzavano e si spintonavano. Procedevamo di buon passo, stimolati dall'aria frizzante del mare che si infrangeva contro gli scogli a qualche decina di metri sotto di noi.

Il cotone del mio vestitino fantasia mi volteggiava intorno alle gambe, e i capelli mi svolazzavano davanti agli occhi malgrado quel cerchietto di fortuna. Era da tanto tempo che non mi capitava di respirare così a pieni polmoni. Abbiamo abbandonato il tracciato per avvicinarci al precipizio e ammirare più da vicino lo scompiglio delle onde. Stentavo a crederci, ma Pierre e D. si erano messi a parlare di calcio. «Ah no, non qui, per me questo è troppo!» ho brontolato a voce sufficientemente alta da sovrastare il sibilo del vento. Ho lasciato gli uomini alle loro considerazioni sul percorso dell'Olympique Marseille in Champions League, con Cissé ma senza Ribéry, e sul probabile esito della partita che si sarebbe giocata la sera stessa tra non so più quali squadre. Ne ho approfittato per fare due passi lungo la scogliera, tenendomi a una distanza ragionevole dall'orlo del dirupo. D. è venuto a recuperarmi sotto lo sguardo divertito di Pierre.

«Fai l'offesa?» ha domandato piazzandosi davanti a me per sbarrarmi la strada, con un sorrisetto dispettoso stampato sulle labbra. Ho scostato la ciocca di capelli che il vento mi scuoteva senza sosta davanti al viso. «Ma va là» ho risposto tentando di non lasciarmi confondere dal verde malizioso dei suoi occhi. «Ho soltanto paura di vedervi rientrare in albergo in fretta e furia alle otto e mezzo, per stravaccarvi davanti alla televisione e non perdere per nulla al mondo questo incontro che "amici spettatori, si preannuncia come un vero e proprio scontro tra titani". È così che dicono su *Téléfoot*, no?»

Trattenendo una risata, ha afferrato la stoffa della cintura del mio impermeabile e l'ha tirata per slacciare la fibbia. In mezzo alla bufera, i due lembi del soprabito si sono aperti. Il vento mi si è infilato sotto la gonna gonfiandomela attorno alle gambe e un'aria gelida mi si è insinuata tra le cosce. D. mi ha afferrato il collo, attirandomi verso di lui. Ho perso l'equilibrio, mi sono aggrappata al suo maglione e lui mi ha circondato la vita. Ho cercato di mantenermi a distanza di sicurezza dal suo corpo, nel misero tentativo di resistergli. Ha provato a baciarmi e io ho girato la testa, augurandomi solo che ricominciasse, poi che mi toccasse dappertutto, che mi penetrasse, avendo come unico desiderio di sentirmi inumidire al contatto con il suo sesso che scivolava dentro di me. Con lo sguardo tuffato verso l'acqua che gorgogliava ai nostri piedi, rifiutando ostinatamente di ritrovarmi ancora una volta ostaggio dei suoi occhi, ho dischiuso le labbra sperando che le mie parole, appena pronunciate, fossero trasportate dal mare per andare a morire al largo.

«Smettila di guardarmi in quel modo. Mi sento mancare.»

Continuando a stringermi con decisione, mi si è accostato all'orecchio. «D'accordo, non ti guardo più. Vorrà dire che ti bacerò con gli occhi chiusi.» È venuto a cercare le mie labbra mentre mi infilava una mano sotto l'impermeabile. Ho abbassato lo sguardo, la mia lingua ha seguito la sua, ci siamo baciati languidamente e con dolcezza. Le sue dita mi hanno fatto risalire la gonna fino alla curva della schiena per poi venire a posarsi sulla mia pelle, dove si forma la fenditura che separa i glutei in due frutti, pronti a dischiudersi al sole della prima estate. Con le sue prime carezze leggere si è accontentato di sfiorarmi finché, senza smettere di baciarmi, mi ha appoggiato il palmo aperto della mano tra le natiche, ha infilato dolcemente il dito medio lungo il solco e l'ha fatto scorrere, salendo e scendendo piano. Poi ha smesso di girarci intorno, si è fermato sul mio ano e, staccando le sue labbra dalle mie, mi si è accostato di nuovo all'orecchio. «Mi piacerebbe prenderti anche qui.» Mi sono passata una mano dietro la schiena, ho cercato la sua al di sotto del soprabito, affondata tra i miei glutei, e l'ho stretta tra le dita. «Dove vuoi, quando vuoi.» Ha scostato il viso per guardarmi. «Ti piace proprio tutto?» Ho sorriso. «No, non tutto, e questo non in particolar modo. È un ingresso quasi vietato. Ma non per te.»

Ha ritirato la mano e io ho richiuso l'impermeabile. Una coppia che passava sul sentiero ci ha lanciato una severa occhiata ammonitrice. Pierre ci aspettava seduto su uno scoglio. Nonostante il metro e novanta e la stazza da rugbista, sembrava un ragazzino emarginato dal gruppo dei compagni di classe. Gli ho circondato le spalle, gli ho sfiorato con un bacio la tempia brizzolata e ho ringraziato il cielo di regalarmi giornate incantevoli come questa.

Sopra le nostre teste si erano addensate alcune nuvole grigie e il sole stava tramontando. Abbiamo ripreso il sentiero in direzione opposta, affrettando il passo per non essere sorpresi dalla pioggia. Erano quasi le otto e, dal momento che non avevamo ingerito nulla dopo la colazione in tarda mattinata, avevo già un robusto appetito. Non avevo voglia di cenare al ristorante dell'hotel, mi sembrava un po' troppo classico e temevo che D. non si sarebbe trovato a suo agio. Ho chiesto a Pierre di scovarci un localino onesto, il tipico indirizzo giusto con un formidabile rapporto qualità prezzo. Ha borbottato che non poteva fare miracoli, ma alla fine come sempre l'ha trovato. Un ristorantino delizioso nascosto dietro la piazza centrale. Il cameriere aveva modi squisiti e ci ha fatto accomodare a un piccolo tavolino rotondo. Abbiamo ordinato un vassoio di frutti di mare e prima una e poi due bottiglie di vino bianco. Ho mangiato con gusto, usando le mani senza complessi. Adoravo quella libertà, la libertà di godere dei piaceri del presente senza scommettere sulla felicità futura. Eravamo solo all'inizio delle nostre libagioni e il pensiero dell'ebbrezza che ne sarebbe seguita mi rendeva gaia e leggera. Non è vero che non esista nulla di meglio del fare l'amore. Esiste il farlo e il rifarlo di nuovo, parlarne, srotolare le parole sotto la lingua, poi sfiniti riprendere e farlo ancora, ancora e poi ancora. Non avere più le forze, ma averne comunque ancora voglia. Riprendere, ricominciare, riaccendersi. Era esattamente questa profusione ai limiti del dolore che desideravo.

Mentre mandavo giù un'ostrica dopo l'altra e scorticavo i gamberoni, Pierre ha chiesto a D. di parlargli di com'ero quando ci eravamo conosciuti. «Oh no, pietà!» ho implorato. Ma D. non si è lasciato commuovere dalla mia supplica e si è messo a rievocare la mia aria da studentessa ligia al dovere, pronta ad arrossire per un nonnulla, ma anche la mia propensione a portare vestiti e maglie scollate anche in inverno, o delle camicie attillate, senza reggiseno. E delle autoreggenti sotto i jeans. Non riuscivo a credere che si ricordasse di quel dettaglio. Ne abbiamo approfittato per parlare di alcuni dei nostri amici del tempo, Mathieu, Fanny, Ali, Garance, Mathilde. D. si era tenuto in contatto soltanto con un paio di ragazzi, che però personalmente non avevo frequentato un granché. Ho preso un gelato scegliendo l'accoppiata fragola e cioccolato, con quell'adorabile associazione tra acidità e freschezza da una parte e cremosa soavità dall'altra. Pierre mi guardava di sottecchi con degli occhi pieni di benevolenza e tenerezza, lo stesso sguardo che a volte mi aveva riservato durante i periodi di gravidanza. Mi sono alzata per andare alla toilette e nel passare dietro di lui mi sono chinata per sussurrargli a un orecchio: «Sei l'uomo della mia vita». Li ho lasciati soli con l'ultimo goccio di vino della seconda bottiglia. Nel tragitto ho incrociato il cameriere, il quale si è fatto da parte per cedermi il passaggio rivolgendomi un sorriso adulatore e lusinghiero.

Quando abbiamo lasciato il ristorante era già calata l'oscurità, così come il vento. Ci siamo avviati a piedi verso la locanda senza nessuna fretta. Avevamo tutto il tempo. Camminavamo fianco a fianco, Pierre, D. e io, in ordine di altezza. D. si è acceso una sigaretta. Non erano ancora le dieci di sera e per la strada c'era un'atmosfera vivace, con coppiette un po' brille o famiglie al completo a passeggiare come noi. Ho preso la sigaretta di D. dalle sue labbra e l'ho infilata tra le mie, rimettendola al suo posto dopo un paio di tirate. Durante tutto il tragitto ha guardato sempre dritto avanti a sé, senza gettarmi una sola occhiata. Si è accorto che lo spiavo perché ho visto un sorriso divertito fargli capolino all'angolo della bocca. «Ti sembra divertente?» ho bisbigliato. Finalmente si è girato verso di me. «Sei stata tu che mi hai detto di smetterla di guardarti.» «E tu mica mi devi prendere così alla lettera!» Abbiamo sentito provenire dall'alto la voce di Pierre. «La donna è mobile...» Ci siamo fermati al parcheggio per prendere le nostre borse prima di varcare la soglia della locanda.

La luce fioca della reception proveniva smorzata da una serie di piccole lampade disseminate qua e là. Pierre si è appoggiato con i gomiti al bancone per domandare le nostre chiavi. Ha porto a D. quella di camera sua, proponendogli di ritrovarci da lui dopo esserci fatti una doccia. «Caspita che organizzazione, e che senso dell'igiene!» l'ho preso in giro. Immaginavo che avesse suggerito di incontrarci in camera di D. per poter tornare liberamente con me al letto coniugale quando lo avesse desiderato. Siamo saliti fino al primo piano e ci siamo separati in corridoio. La nostra camera era spaziosa e finemente arredata, con la tappezzeria e i tendaggi sui toni del grigio perla e del rosa tea. Nella funzionale stanza da bagno c'erano sia la doccia che la vasca e, massimo del lusso, il WC era in un vano a parte. «Ci vieni spesso qui?» ho domandato a Pierre. «Quando capita. Anch'io ho le mie nostalgie sessuali.» Mi sono svestita senza credergli nemmeno per un istante. Figurarsi se davvero si dava appuntamenti in riva al mare per vivere torride avventure carnali mentre io lo aspettavo da brava nel nostro appartamento parigino. Sotto la doccia ho cantato e ho abusato del bagnoschiuma dell'albergo. Ho verificato con soddisfazione che avevo le gambe ancora lisce e mi sono lavata i denti. Nello specchio sopra il lavandino il mio riflesso mi è parso più giovane, il mio incarnato più luminoso, i miei lineamenti meglio disegnati.

Sono tornata in camera e ho trovato Pierre stravaccato sul letto, con un cuscino piegato sotto la testa, che guardava alla televisione i minuti finali della partita ancora in corso. Ho rovistato nella borsa alla ricerca del secondo vestitino che mi ero portata dietro. Mentre mi dimenavo per infilarlo facendolo passare dalla testa, ho chiesto a Pierre se non aveva intenzione di fare la doccia. Ha tolto il volume della televisione e mi ha risposto: «Più tardi. In questo momento sono stanco morto. Vai pure da sola. E poi torna a dormire qui». L'ho osservato attentamente per tentare di capire cosa si nascondeva dietro quel mutamento repentino, annunciato in maniera tanto disinvolta. «Dici sul serio?» Ha dato un'occhiata veloce allo schermo e poi ha fatto cenno di sì con il capo. «Magari vi raggiungo dopo, ma a ogni modo credo che non ti dispiacerà avere un po' di tempo per voi due. L'unica cosa che ti chiedo è di non dormire di là.» Mi sono seduta accanto a lui, vicino al suo cuscino, e gli ho accarezzato i capelli. «Non sei obbligato a fare questo per me, Pierre, te lo assicuro. Per quanto mi riguarda eravamo già d'accordo che saremmo stati in tre. Non l'avrei rivisto senza di te, non avrei fatto una cosa del genere alle tue spalle.» «Lo so, Claire. Ed è per questo che te lo propongo.» Ho appoggiato le labbra sulle sue con una lieve pressione, poi mi sono alzata. «Lasceremo la porta aperta, per quando ci vorrai raggiungere.»

Pierre non è venuto. Sono io che l'ho raggiunto più tardi, nel cuore della notte, come gli avevo promesso, a piedi scalzi e senza mutandine.

XX

La domenica volgeva al termine, accompagnata verso la notte da una pioggerella fine. Arrivati a Parigi, Pierre ha approfittato della macchina di D. per andare a prendere i bambini. D. e io abbiamo aspettato che tornasse, seduti fianco a fianco sul tappeto del soggiorno, con una tazza di caffè caldo in mano. Prima di separarci, avevamo ancora un paio d'ore buone a disposizione. Ha guardato l'orologio con quella che mi è parsa essere rassegnazione, poi ha sorriso e mi ha confidato che non riusciva più a ricordarsi come era cominciato tutto, tra di noi. Allora gli ho raccontato. Gli ho raccontato della Casa della gioventù, ho citato le frasi che mi aveva detto praticamente parola per parola – "mi ecciti da pazzi e muoio dalla voglia di fare l'amore con te" – ho tentato di spiegargli l'effetto devastante che aveva avuto su di me quella rivelazione, come mi ero sentita esplodere e come in seguito, e durante tutto l'anno scolastico, il mio unico desiderio era stato quello di riunire i miei frammenti nell'attrazione magnetica del contatto con la sua pelle. Gli ho descritto nei dettagli come era vestito quella fatidica sera di tanto tempo fa, i jeans, la camicia con i bottoni a pressione.

«Incredibile. Ma come fai a ricordarti tutte queste cose?» mi ha chiesto impressionato. Anche a rischio di risultare ai suoi occhi leggermente turbata, gli ho confessato con un sorriso: «Ho scritto tutto. E ho riletto tutto».

Non voleva credermi. Mi sono alzata e sono andata a cercare nel mio studio il dossier D. Mentre tornavo ho rallentato il passo, non volevo accelerare verso l'epilogo. Dalla radio della cucina ci arrivavano le note di *Creep* dei Radiohead, un pezzo meraviglioso.

Mi sono seduta di nuovo accanto a lui, ho finito quel dito di caffè che si stava raffreddando nella tazza e gli ho porto il bloc notes Rhodia e il quadernone a quadretti. Ha esitato un po' prima di appoggiarseli sulle ginocchia con grande precauzione. Ha aperto il primo, l'ha sfogliato rapidamente e poi me l'ha ridato.

«Leggi tu» ha proposto con una punta di sfida divertita nella voce.

Ho guardato a mia volta l'orologio. «Degli estratti scelti, allora.» Ho cominciato a leggere, e la voce mi è tremata per via dell'emozione che mi aveva improvvisamente chiuso la gola. Mi ha interrotto posandomi una mano sul braccio.

«Aspetta, vieni qui.»

Sempre seduti sul tappeto, mi ha incitato a prendere posizione tra le sue gambe. Ho appoggiato la schiena al suo torace, mentre lui incrociava le dita delle mani sotto il mio vestito, all'altezza del ventre, e appoggiava il mento su una mia spalla. Così, rannicchiata tra le sue braccia, avvolta dal suo odore e dal suo calore, mi sono schiarita la voce e ho ripreso a leggere, sentendo tutto il turbamento di quell'evocativo gioco di scatole cinesi in cui ci stavamo inabissando.

Non mi sono interrotta, non ho mai lasciato la presa sulle mie parole di allora, ho resistito con tutte le mie forze, anche quando ho sentito che gli era diventato duro contro la mia schiena, anche quando le sue labbra si sono posate sul mio collo, anche quando – come guidato dal mio racconto e dalla delicatezza del suo doppio di carta – ha fatto scivolare una mano tra le mie cosce con la stessa dolcezza di cui era stato capace allora. Ho provato a tenere sotto controllo il respiro e le ondulazioni istintive del mio bacino, ma le sue dita non mi hanno dato tregua. Ero bagnata, ero una fontana. Il suo sesso, il ventre, le cosce, le braccia, il suo intero essere, ogni fibra del suo corpo avvolto attorno al mio sembravano aspettare il mio orgasmo, lo sorvegliavano chiamandolo dalla sua silenziosa e vibrante tensione. Non saprei dire che cosa mi eccitasse di più, se le sue carezze esperte o gli arabeschi che mi disegnava sulla nuca con la lingua, se la mia stessa voce incrinata dall'emozione o la sovrapposizione delle sensazioni di ieri a quelle di oggi, se il suo desiderio sospeso al mio respiro o il mio respiro che ritmava il suo desiderio.

Dalla mia gola è uscito un lieve gemito, come sperduto, che mi ha fatto perdere il filo. «Non ti fermare,» mi ha sussurrato in un orecchio «continua a leggere, raccontami.»

Ho obbedito e ho letto finché ho potuto. Il cerchio si stava chiudendo in armonia.

XXI

Non ti ho incrociato per caso in quel club, ma mi sarebbe tanto piaciuto. Non mi sono aperta le vene per te, ma avrei potuto farlo. Penso spesso a te, a quello che sei diventato. Mi domando come sarebbe stato il sesso tra di noi.

Quando non sto bene, quando voglio evadere un po', non essere più né la moglie scostante né la madre imperfetta, per tacere di tutto il resto, è nelle tue braccia che mi rifugio. Convoco all'appello le tue mani e la morbidezza della tua pelle, riscrivo all'infinito ciò che non è stato finito.

Ho avuto sedici anni sotto le tue dita e non lo dimentico.